HANS-GEORG POHL

Gestohlene Lebensjahre

IKS GARAMOND

Die deutsche Bibliothek – CIP-Einheitsaufnahme:

Pohl, Hans-Georg:
Gestohlene Lebensjahre. –
/ von Hans-Georg Pohl
Jena: IKS Garamond, 2001
ISBN: 3-934601-39-1

Dieses Buch widme ich all jenen, die im Krieg aus ihrer Heimat vertrieben wurden, viel Leid ertragen mußten und durch totalitäre Machtsysteme entmündigt und gedemütigt wurden.

Inhaltsverzeichnis

Kinderjahre - Vertreibung aus der Heimat

Schlesien: ein flaches Agrarland; die Getreidefelder wechselten mit Gemüsefeldern, sie zogen sich manchmal anscheinend endlos bis zum Horizont und gaben ein Bild wie ein bunter Teppich. Obwohl das Land reich an Bodenschätzen ist, berichtet die Chronik immer wieder von Armut und Hungersnöten. Viehzucht, Kohlebergbau und Gemüseanbau waren die Haupterwerbsquellen der oft kinderreichen Familien. Sie wohnten zumeist in bescheiden eingerichteten und sehr kleinen Wohnungen. In der Wohnküche, deren Holzfußboden täglich gescheuert wurde, spielte sich das Familienleben ab. Die *gute Stube* wurde meist nur bei besonderen Anlässen zum Essen genutzt. Die Toilette im Haus oder auf dem Hof wurde mitunter von mehreren Familien benutzt.

Im 17. und 18. Jahrhundert trugen die Leineweber und Schleierweber zum Wohlstand der Herrschenden bei. Beweis dafür sind die in dieser Zeit entstandenen Barock- und Rokokofassaden mancher Bürgerhäuser in der schlesischen Hauptstadt Breslau, dem heutigen Wroclaw. Trotz intakter Landwirtschaft und der erträglichen Weberei herrschte weithin Armut, besonders bei den Landarbeitern und den Webern. 1844 erhoben sich die Weber zum Aufstand, der in die Geschichte einging. Gerhard Hauptmann schrieb darüber in dem bekannten Drama DIE SCHLESISCHEN WEBER: »sie webten ihr eigenes Leichentuch«. Anfang des

20. Jahrhunderts brachte die Mechanisierung der Industrie Arbeit und Lohn. Der Hunger schwand, zugleich aber endete die Zeit der handwerklichen Tätigkeit. Die Weber betrieben nun hauptsächlich Landwirtschaft, die Weberei wurde zum Nebenerwerb der ärmlich lebenden Familien. Manche arbeiteten für einen Hungerlohn in den nach und nach entstehenden Ton-, Konserven- und Zuckerfabriken. Lohn und Brot brachte auch der Steinkohlebergbau. Schlesien entwickelte sich zum zweitgrößten Industriegebiet Deutschlands. Bei der Herstellung von Zucker nahm es sogar die erste Stelle in Deutschland ein. Außer den 4,8 Millionen Einwohnern ernährte das Agrarland bis 1914 ein Viertel der damaligen deutschen Bevölkerung.

Die schlesische Küche ist durch manche Gerichte bekannt; das bekannteste ist *das schlesische Himmelreich.* Es besteht aus einem Stück Rauchfleisch, das nach dem Kochen mit Mehl angedickt zusammen mit Trockenpflaumen und Äpfeln eine schmackhafte Soße zu den schlesischen Klößen ergibt. Diese bestehen aus gekochten Kartoffeln, die nach dem Quetschen mit Ei und Mehl vermengt, geknetet, dann rund geformt in siedendem Wasser eine Zeit leicht köcheln müssen. Die schlesische Küche entspricht größtenteils den ärmlichen Lebensverhältnissen des Landes und der Menschen. Man spottete, daß eine schlesische Familie rings um den blanken Holztisch sitzt, jeder sich aus dem Topf, der in der Mitte steht, eine Pellkartoffel schält und damit einmal an den Hering streicht, der über dem Tisch an der Lampe hängt.

Ich bin an einem Sonntag im Mai 1936 im schlesischen Münsterberg geboren. Es war Mittag, die Deutschlandfahrer (ein Radrennen) fuhren durch unsere Kleinstadt, und sogar die Glocken sollen geläutet haben, als ich zur Welt kam. Für mich als Sonntagskind war somit das Glück im Leben vorbestimmt, so sagte man zu mir. Ich dachte oft an diese Prophezeiung, wenn es das Schicksal gut mit mir meinte, aber manchmal kam ich vor lauter Unglück auch in Zweifel. Doch das muß wohl so sein, um Glück und Zufriedenheit nicht als Selbstverständlichkeit zu sehen, sondern zu schätzen und zu achten.

Ich wuchs in einer typisch schlesischen Durchschnittsfamilie auf. Mein Vater, der Fleischer gelernt hatte, arbeitete in der stadtansässigen Tonfabrik, meine Mutter als Sekretärin bei einem Rechtsanwalt.

Außer einer Zuckerfabrik gab es in der Stadt noch eine Konservenfabrik. Sie war weit bekannt als *Seidelfabrik*. Ich erinnere mich daran, wenn zur Gemüsesaison die großen Tafelwagen, gezogen von Kaltblutpferden, durch unsere Straße fuhren, beladen mit großen Weidenkörben, die mit grünen Bohnen gefüllt waren. Wir Kinder mußten die Wagen abpassen und der Mutter Bescheid sagen. Je nach Größe der Familie wurden dann so viele Körbe zum Abschnipseln genommen, wie man dachte, schaffen zu können. Viele Leute saßen nun im Halbkreis im Hinterhof oder vorm Haus, und bei Unterhaltung und heimlichem Wettstreit wurden die Körbe für die Abholung fertiggestellt. Jeder hatte einen flachen Holzkasten auf dem Schoß, der vorne zum Körper hin keinen Rand besaß. Meine Mutter paßte auf, und wenn ich den Berg abgearbeitet hatte, packte Sie ganz schnell meinen Holzkasten wieder voll. Das Aufstöhnen bei uns Kindern nutzte nichts, wir hatten uns damit abzufinden. Es war ein Teil der Erziehung, daß unsere Hilfe zur Pflicht und Selbstverständlichkeit geworden war. Die fertigen Körbe wurden ein oder zwei Tage später wieder abgeholt und gegen eine neue Lieferung getauscht. So verdienten sich manche Familien ein paar Pfennige dazu, außerdem fiel immer eine Mahlzeit ab. Es gab in der Gemüsesaison öfter Bohnengerichte. Eine kleine Fehlmenge war bei der geringen Entlohnung wahrscheinlich schon berechnet.

In unserem Mietshaus wohnten etwa zehn Familien. Es war ein rechteckiges Gebäude abseits einer Hauptstraße und gehörte der Kirche. Die unteren Räume wurden zu kirchlichen Veranstaltungen genutzt. Durch ein großes Eisentor gelangte man auf den großen Hinterhof mit Kopfsteinpflaster - ein typisches Bild in dieser Gegend. Seitlich vom Hauseingang waren Bänke aufgestellt. Wenn schönes Wetter war, saßen dort die Leute zusammen und unterhielten sich. Es war der Ort, wo man das Neueste erfuhr. Auch wir Kinder trafen dort zusammen.

Ich wohnte in der ersten Etage. Die Fenster gaben den Blick zur Hauptstraße frei. Direkt gegenüber war eine Tankstelle. Ich glaube, es war die einzige in der Stadt, denn es gab nur eine Hand-

voll Autos. Für uns Kinder war es immer etwas Besonderes, wenn ein Auto betankt wurde. Behälter wurden gefüllt und gemischt, für Jungen natürlich besonders interessant. Beeindruckend die Autofahrer, viele Fragen gingen uns durch den Kopf. Es müssen wohl reiche Leute sein, wo kamen Sie her? Vielleicht aus der Stadt Breslau, die sechzig Kilometer von Münsterberg entfernt liegt? Ich wußte nur von Hörensagen, daß es eine große Stadt in unserer Nähe gibt, die so heißt. Ich hätte sie mir gerne einmal angesehen, das – für unsere Begriffe – Großstadtleben erlebt, aber ich wagte nicht daran zu denken, den Wunsch zu äußern, ich hätte doch nur eine Absage bekommen.

Die meiste Zeit im Sommer war ich im Garten, der über den Hof zu erreichen war. Hier standen Obstbäume, ein paar Gemüsebeete waren angelegt. In einer Laube stand der Kaninchenstall, daneben befand sich der Hühnerzwinger. So war für Eier und ab und zu bei Festtagen für einen Braten gesorgt. Mein Vater als gelernter Fleischer erledigte immer fachmännisch und schnell das Schlachten. Für mich waren das immer traurige Tage. Ich stand dann am Stall und suchte vergebens das Kaninchen, das ich aufwachsen gesehen und oft gefüttert hatte.

Meine Großeltern wohnten nicht weit von unserer Straße am anderen Ende der Stadt. Ich kannte bald den Weg und besuchte sie regelmäßig. Meist hatte die Großmutter schon einen Topf Pellkartoffeln gekocht, wenn ich kam. Mein Großvater schälte dann mit mir zwei bis drei Kartoffeln, die auf einem Teller mit etwas Butter und Milch vermischt mein *Empfangsessen* waren. Manchmal durfte ich in einer Vitrine stöbern, wo allerlei Sachen aufbewahrt wurden. Interessant waren immer die Ansichtskarten, die herrlich bunt gestaltet waren, für den heutigen Geschmack zwar recht kitschig, aber wir Kinder mochten sie immer wieder gern anschauen.

Sonntags spürte man, daß es ein besonderer Tag ist. Die Menschen kleideten sich besser, gingen früh zur Kirche, die Glocken läuteten festlich den Sonntag ein. Die Stadt strahlte noch mehr Ruhe aus als sonst. Im Sommer strömten dann die Leute einem Ausflugsziel entgegen. Nachmittags ging es bei schönem Wetter zur *Helbichsehe.* Eigentlich gab es dort nicht viel zu sehen oder zu erleben. Es war wohl mehr ein traditionelle Treffpunkt derer, die dorthin pilgerten. Ich durfte immer meinen Matrosenanzug anziehen oder die kurzen Hosen (sie gingen bis übers Knie) mit weißen Kniestrümpfen. Meine Mutter hatte ein paar belegte Brote und eine Flasche Malzkaffee mitgenommen. Ich paßte auf, wenn sie auf dem dürftig mit ein paar Brettern zusammengenagelten Tisch die Sachen auspackte. Gegen Abend ging es wieder nach Hause, wir hatten einen schönen Tag.

Daß der Herbst begann, merkte man nicht nur am Wetter und an der Natur, sondern an den vielen Fuhrwerken, die Zuckerrüben von den Feldern in die Zuckerfabrik fuhren. Es wurde nun von Woche zu Woche kälter, der Winter hielt Einzug im Land. Die Winter in Schlesien waren lang und sehr kalt. Es gab viel Schnee, was uns Kinder natürlich freute. Um uns jetzt eine warme Stube zu machen, waren wir das Jahr über öfter in den *Pusch* (Wald) gefahren und hatten Holz zum Heizen gesammelt. Das knisternde Holzfeuer und die spärliche Beleuchtung erzeugten dann eine anheimelnde und gemütliche Atmosphäre. Die Eltern saßen auf der *Ufabanke* (Ofenbank) und erzählten sich dieses und jenes. Ich saß daneben auf dem *Ritschla* (Fußbank) und hatte warme *Potscha* (Hausschuhe) an. Manchmal hörte ich den spannenden Begebenheiten zu, die sich in unserer Stadt zugetragen haben sollen. An eine Geschichte erinnere ich mich noch gut ...

In der Stadt lebte ein Mann Namens „Denke“. Er war Stadtangestellter, erledigte Kirchendienste und lebte unauffällig als angesehener Bürger in der Stadt. Meine Mutter erzählte, wenn er in einer städtischen Kirschplantage Kirschen pflückte, teilte er liebevoll an vorbeikommende Kinder aus und war sehr lieb zu ihnen. Er soll sich viel in Herbergen aufgehalten und Handwerksburschen zu sich nach Hause eingeladen haben. Er legte dann einen Arm in die Binde und bat sie, einen Brief für ihn zu schreiben. Dabei stand er im Rücken der späteren Opfer und erschlug sie mit einer Axt. Er schlachtete sie buchstäblich und soll regelmäßig wie ein Gewerbetreibender das Fleisch als Ziegenfleisch an Leute verkauft haben. Da die meisten Leute arm und kinderreich waren und das Fleisch sehr billig war, kauften sie ohne Bedenken bei dem Mann ein. Da die Wanderburschen oft sehr lange unterwegs waren und von ihren Angehörigen nicht vermißt wurden, dauerte es lange, bis durch Zufall die Verbrechen entdeckt wurden.

Eines Tages sollte wieder ein Wanderbursche einen Brief schreiben. Denke diktierte wie immer den Brief, dabei sagte er einen eigenartigen Satz. Der Bursche wunderte sich über den Text, drehte sich um und sah dabei mit Entsetzen und Schrecken den zum Schlag ausholenden Denke. Er konnte ihn überwältigen und der Polizei übergeben. Bei der Wohnungsdurchsuchung kamen dann die haarsträubendsten Sachen an den Tag. Unter den Dielen fand man die Haare der Opfer, darunter auch die einer Frau. Mit Blut soll er im Garten seinen Rhabarber gegossen haben, der der stärkste weit und breit war. So wurde unsere Stadt, wenn auch auf unangenehme Art und Weise, in ganz Deutschland bekannt. Alles war um so schlimmer in einer Gegend, wo die Menschen sehr fromme katholische Christen sind.

Inzwischen war in unserer Familie Zuwachs angekommen: Mein Bruder Manfred kam drei Jahre nach mir zur Welt. In jenem Jahr, 1939, mußten vielen Kinder von ihren Vätern, Frauen von ihren Männern Abschied nehmen. Der Krieg begann. Viele harte Schicksale nahmen ihren Lauf. Die Jahre der sorglosen und unbekümmerten Kindheit waren vergangen, die Folgen des Krieges bekamen viele hart zu spüren. Manfred bekam von den Ereignissen, die Kummer, Elend und Tränen brachten, fast noch nichts mit. Er war noch ein kleines und deshalb unbekümmertes Wesen.

Mein Bruder Manfred und ich

Mitten im Krieg wurde ich eingeschult. Die Schuleinführungsfeier war von einer gedrückten Atmosphäre überschattet, die Zuckertüte entsprechend den spärlichen Möglichkeiten gefüllt. Auf meinem täglichen Weg zur Schule trug ich in meinem Schulranzen die damals übliche Schiefertafel, an der an einem kleinen Holzrahmen seitlich an zwei Fäden ein Schwamm und ein Lappen befestigt waren, die seitlich aus dem Ranzen heraushingen. Im *Schieferkästel* – ein kleines Holzkistchen mit Schiebedeckel – waren die Schieferstifte (Griffel) untergebracht. Sie brachen leicht in der Mitte auseinander und verursachten beim Schreiben ein Geräusch, daß man davon eine Gänsehaut bekam. Die Brottasche vervollständigte die Schulausrüstung.

Der *Herr Lehrer*, so wollte er angesprochen werden, saß gegenüber der Klasse hinter einem

Pult. Er besaß als Respektsperson – genau wie der Polizist, der Pfarrer und der Bürgermeister – einen besonderen Status und genoß Achtung in der Stadt. Wenn er die Klasse betrat, war es Pflicht und Selbstverständlichkeit, ohne Aufforderung aufzustehen und geschlossen zu grüßen. Das Ganze hatte einen Hauch von einer Kompanie Soldaten. Die sahen wir inzwischen öfter durch die Stadt marschieren. Wir rannten dann immer ein Stück mit und versuchten uns im Gleichschritt zu üben. In der Schule hatten wir inzwischen gelernt, daß ein Mann Namens Adolf Hitler unser Führer sei und für unser Land, für Deutschland, Gutes tue. Doch ich sollte bald erfahren, was er mit dem Krieg, den er führte, für viele Völker und letztlich auch für uns bringen würde. Wenn wir unserem Lehrer in der Stadt begegneten, mußten wir mit erhobenem Arm und mit den Worten ›Heil Hitler!‹ grüßen. Ich ärgerte mich immer, wenn ich mir beim Abnehmen der Schildmütze, was Pflicht war, meinen kerzengerade gezogenen Scheitel durcheinander brachte.

Christliche Feiertage wie Weihnachten wurden festlich begangen und sorgfältig vorbereitet. Wir Kinder waren dann immer voller Eifer und Vorfreude dabei. Beizeiten wurde der Striezel gebacken. Der Teig wurde in einer Schüssel mit einem Tuch abgedeckt und zum Bäcker um die Ecke gebracht. Nachmittags konnte man die Striezel abholen und sie dann bis Heiligabend kaltstellen. Eher wurden sie nicht angeschnitten. Ein bis zwei Tage vor Weihnachten wurde meist noch eine *Babe*, das war ein einfacher Hefeteigkuchen, und der bekannte schlesische Streuselkuchen gebacken. Das Besondere an ihm waren die extragroßen Streusel. Wir Kinder aßen zu gerne heimlich ein paar davon herunter, und wenn Mutter das merkte, dann gab es harte Worte. Zum Weihnachtsgebäck gehörten natürlich auch die Butter- und Mandelplätzchen. Mit Freude und Begeisterung war ich immer dabei, wenn es an das Ausstechen der Sterne, Kringel und allerlei anderer Figuren ging. Es bereitete mir einfach Spaß und zudem konnte ich auch mal heimlich vom Teig naschen.

Eine weitere und bekannte Spezialität, die in Schlesien wie der Christbaum zu jedem Weihnachtsfest gehörte, waren die Mohnklöße. Der Begriff Klöße ist eigentlich nicht zutreffend, denn das Aussehen und die Art der Zubereitung gleicht eher einem Auflauf. In einer Schüssel werden abwechselnd Schichten von Brötchen (heute nimmt man Zwieback) und mit einem Mohn-Zucker-Gemisch Mohn gelegt. Das Ganze wird dann mit kochender Milch überbrüht und kaltgestellt.

Am Heiligabend gab es zum Mittagessen Nudelsuppe mit Enten- oder Hühnerklein. Das richtete sich nach dem Braten, den es zum ersten oder zweiten Feiertag geben sollte. Die Nudeln waren einige Tage vorher selbst gemacht worden. Die Mutter bereitete hierzu mit Mehl und den Eiern unserer Hühner auf dem Küchentisch einen Teig. Nach dem Kneten wurde er mit der *Nudelkulle* (Nudelholz) in dünne Fladen ausgerollt und auf Papierbögen zum Trocknen ausgelegt. Am nächsten Tag wurden dann schmale Streifen aus den Fladen geschnitten.

Für uns Kinder war natürlich weniger das Essen der Höhepunkt des Weihnachtsfestes, vielmehr warteten wir gespannt auf die Naschereien und Geschenke, die das Christkind brachte. Außer dem bunten Teller, der mit Plätzchen, Äpfeln, Nüssen und Fondantringen gefüllt war, lagen meistens Anziehsachen unter dem Christbaum. Meine Oma strickte übers Jahr für mich die üblichen langen Strümpfe, die immer so kratzten, und warme Handschuhe. Von Mutter gab es dazu ein neues Leibchen. Das war ein Oberteil, das auf den Schultern getragen und vorn zugeknöpft wurde. Mit daran angenähten Strumpfhaltern wurden die Strümpfe gehalten. Als Spielzeug, so erinnere ich mich, bekam ich einmal ein Paar fünfzig Zentimeter lange blaue Ski. Ich benutzte sie aber kaum, da kurioserweise keine Bindung daran war. Erst später bastelte mein Vater eine Art Befestigung, aber sie stellte sich recht bald als Fehlkonstruktion heraus. Außerdem bekam ich eine Micky-Maus, die auf eine schiefe Ebene gestellt wurde und herunter trippelte.

Nach der Bescherung wurden Weihnachtslieder gesungen, die Mutter holte Mohnklöße aus der Kälte. Viel gegessen wurde aber zu dieser Abendzeit nicht mehr davon, obwohl es eine Leckerei war, denn das Abendbrot war reichlich: Es gab warmes Essen, Weißwurst, Pastinakengemüse und andere köstliche Sachen.

Am ersten Feiertag gab es zum Mittagessen

schlesische Kartoffelklöße und den dazu gehörigen Braten. Am zweiten Feiertag kochte meine Mutter oft eine Soße zu den Klößen, die in Schlesien auch bekannt und bei uns Kindern sehr beliebt war: die Pfefferkuchensoße. Soßenkuchen wurde aufgeweicht und mit Mehl und anderen Zutaten gekocht. Ich dachte später oft an Weihnachten 1943, denn es sollte für Jahre das letzte Weihnachtsfest ohne Kummer, Leid und Tränen im Kreise der Familie gewesen sein. Wir Kinder hatten noch wenig Notiz vom Ausbruch des Krieges genommen, doch es sollte bald anders werden. Ich ging weiter zur Schule und inzwischen auch zum Religionsunterricht. Wir beteten nun, so hieß es, für die Soldaten im Krieg. Mein Vater wurde eingezogen, ich konnte oder wollte alles nicht verstehen. Für mich war es wohl so, als ob mein Vater sich zu einer Reise verabschiedete. Doch wie sich bald herausstellte, war es ein Abschied für lange Zeit. Meine Mutter wartete nun immer gespannt auf Post. Die Feldpostbriefe wurden von vielen erwartet, denn sie brachten Gewißheit, daß der Angehörige noch lebt. Man hörte jetzt immer mehr von den Folgen des Krieges: von Bomberverbänden, die Städte in Schutt und Asche verwandelten, und von Menschen, die beim Heulen der Sirenen in den Luftschutzkellern Schutz suchten und oft ihr Leben lassen mußten. In der Stadt sah man die ersten verwundeten Soldaten, die Heimurlaub bekamen oder in Lazaretten geheilt wurden. Man hörte nun auch von den ersten Soldaten, die im Krieg gefallen waren. Es klang wohl für die Angehörigen höhnisch und war kein Trost, wenn es dann hieß ›Gefallen für Volk und Vaterland‹.

Der Krieg wurde von Tag zu Tag aussichtsloser. Von den einstigen Parolen und Begeisterungsstürmen der Kriegseifrigen war immer weniger zu hören, sie verstummten. Viele, die sich bei Aufmärschen von siegesbewußten, zackigen Soldaten und enthusiastischen Rednern für den Krieg begeistert und die auf die bekannte und oft zitierte Frage Adolf Hitlers an das Volk »Wollt ihr den totalen Krieg?« ein lautes »Ja« geschrieen hatten, mußten nun mit dem Tod eines Angehörigen dafür zahlen. Frauen in Munitionsfabriken stellten Patronen her, die vielleicht die eigenen Angehörigen töteten. Die Heeresführung verbreitete immer noch Nachrichten über große Siege und Kriegserfolge, doch durch heimliche Informationen erfuhr man, daß die Front immer näher rückte und die Verluste der eigenen Soldaten immer größer wurden. Über Losungen an Eisenbahnwagen ›Räder rollen für den Sieg‹ lachte man, nur wenige glaubten noch an solche Lügen.

Eines Tages erschien mein Großvater bei uns. Ich ahnte, es muß wohl etwas Furchtbares passiert sein, denn ich sah, daß er weinte. War mein Vater gefallen? Glücklicherweise nicht, aber Großvater mußte sich nun auch in den Krieg verabschieden. Alle älteren Männer ab einem bestimmten Alter, sogar Kinder sollten trotz der Aussichtslosigkeit geopfert werden. Das Unternehmen nannte sich *Volkssturm.* Es wurden alle eiligst mit Handgranaten ausgerüstet und ohne Ausbildung in einen inzwischen verlorenen Krieg geschickt. Viele töteten sich selber, weil sie die Handhabung nicht kannten. Ich ging weiterhin hin und wieder zu meiner Großmutter, um sie zu besuchen, doch es war alles nicht mehr wie früher. Wie es den Soldaten gehen mußte, zeigte sich, als der Winter bevorstand. Decken und warme Anziehsachen wurden gesammelt.

Wir schrieben das Jahr 1944. Ein trauriges Weihnachtsfest ohne Vater und Opa ging vorbei, ein harter Winter brach bei uns in Schlesien herein. Schon tagelang zogen die Flüchtlingstrecks aus Ostpreußen durch unsere Straße, die vor der immer näher rückenden Kriegsfront irgendwo Schutz suchten und um ihr Leben liefen. Ich stand oft bis spät in die Nacht am Fenster, schaute den Trecks zu und empfand Schrecken und Mitleid. Eine endlose Kolonne von Menschen zog mit ein paar Habseligkeiten dahin. Manchmal frierende, eingepackte Kinder auf Planwagen, von einem Pferd gezogen, oder übermüdete alte Leuten mit Handwagen, die sich quälten, um den Anschluß nicht zu verlieren. Im kärglichen Lichtschein der Laternen, die an manchen Wagen hingen, konnte man für einen Augenblick die ernsten und von Leid gezeichneten Gesichter der Leute sehen. Mir gingen tausend Gedanken durch den Kopf, oft war ich dem Weinen nahe, wenn ich mich in die Lage der Kinder versetzte. Wie würden sie wohl frieren oder Hunger haben? Was würde mit ihnen auf diesem furchtbaren Weg passieren? Ich glaubte nicht daran oder dachte nicht darüber nach, daß mich in nächster Zeit ein ähnliches Schicksal ereilen könnte und auch ich meine Heimat verlassen müßte.

Die Front rückte immer näher. Man hörte es und sah in der Stadt immer mehr Kriegsfahrzeuge und sogar Panzer, die mit rasselnden Ketten durch die Straßen fuhren. Wer konnte, mußte Soldaten zum Übernachten aufnehmen.

Dann kam der 14. Februar 1945. Wir lagen noch im Bett, als es klingelte. Ein Mann überbrachte die Nachricht, daß wir vorübergehend die Stadt verlassen müssen. Bis zu einer bestimmten Uhrzeit vormittags hätten wir uns am Bahnhof einzufinden, so befahl er mit amtlicher Stimme. Er sagte, wir wären bald wieder zurück, aber es wurde ein Abschied für immer.

Meine Mutter schaffte mit mir in aller Eile in einer Wanne ein paar Sachen in den Keller, vorwiegend Wäsche, Kleider, Hemden und Hosen. Sie weinte dabei. Ich befürchtete, daß nun etwas Schreckliches seinen Lauf nehmen würde. Ich sollte Recht behalten.

Ich bekam meinen Schulranzen vollgestopft. Was meine Mutter alles eingepackt hatte, weiß ich nicht mehr. In der Aufregung fehlte mir der Sinn dafür. Mein Bruder war gerade fünf Jahre alt und konnte nichts tragen. Ebenso meine Mutter, die wieder schwanger war. Mit meinen neuen Hausschuhen aus Kamelhaar mit Ledersohle an den Füßen, ich hatte sie zu Weihnachten bekommen, machte ich mich auf den Weg. Eiligst und mit einem letzten Blick zurück zum Haus stapften wir an diesem kalten Wintermorgen durch den knirschenden Schnee zum Bahnhof. Dort herrschte große Aufregung unter den vielen Leuten, die sich bereits eingefunden hatten. Kinder weinten, irgendwelche Bekanntmachungen wurden in die Menge gerufen.

Da stand ich nun, mich überkam Angst, ausgelöst von der panischen Atmosphäre, die hier herrschte. Als ich die anderen weinenden Kinder sah, mußte auch ich weinen.

Nach einiger Zeit wurde ein Zug bereitgestellt. Mit großem Gedränge und Geschrei stiegen wir ein. Wir saßen eng zusammen, man konnte die Angst und Ungewißheit in den Gesichtern ablesen. Es herrschte Stille. Für uns begann eine Fahrt ins Ungewisse mit schrecklichen Erlebnissen, Durst und Hunger. Bei jedem Halt des Zuges wollte ich aussteigen, weg von Angst und Kälte. Tiefflieger beschossen Flüchtlingszüge, weil Regeln der Humanität nicht mehr beachtet wurden. Munitionszüge fuhren getarnt mit dem roten Kreuz an die Front. Einmal hielt unser Zug auf freier Strecke und wurde finster gemacht, wir mußten uns alle auf den Boden legen. Ein anderes Mal hielten wir lange in einem Tunnel, bis die Fahrt fortgesetzt wurde.

Nach jedem Halt warteten wir gespannt, wie es mit uns weiterging. Manchmal stand der Zug sehr lang, bis er sich wieder in Bewegung setzte. Es hieß dann immer: »Die Flüchtlingslager sind überfüllt«. Die Gelegenheit wurde von vielen genutzt, um Wasser an der Lokomotive zu holen. Es schmeckte zwar nach Öl, aber der Durst ließ es hastig in der Kehle verschwinden. Der Zug fuhr immer langsamer, die Atmosphäre war immer mehr von Todesangst gekennzeichnet. Ich traute mich nicht mehr, aus dem Fenster zu gucken, was Kinder sonst normalerweise ja gerne tun, weil mich ein furchtbares Erlebnis nicht losließ. Immer wieder kam mir das Bild vor Augen, daß ich mein Leben lang nie vergessen werde: Ich hatte bei dem Halt vor einem Bahnhof einmal einen Blick aus dem Fenster gewagt. Ich hätte das besser nicht tun sollen. Schreck und Entsetzen ließen meinen Körper erstarren. Auf einem Gleis lag, notdürftig in eine Decke eingewickelt, als ob es schlief, ein Baby. Es war wohl bei der inzwischen zu lang dauernden Zugfahrt gestorben. Es hatte kein Zuhause in dieser Welt gefunden.

Wurden meine Gebete erhört oder ist es wirklich so, daß Sonntagskinder Glück haben? Diese Frage stelle ich mir oft noch heute, wenn ich das zerstörte Dresden vor Augen habe. Viele Flüchtlinge starben an diesem furchtbaren 13. Februar 1945, als alliierte Bomber die Stadt in Schutt und Asche legten. Wir wären vielleicht unter den vielen Toten gewesen, wenn wir ein paar Tage früher hier angekommen wären.

Die Flucht ging nun mitunter zu Fuß weiter, weil die Geleise stellenweise zerstört waren. Auf freier Strecke stiegen wir dann wieder zu. Eines Nachts wurden wir aus dem Schlaf gerissen. Es herrschte große Aufregung. Der Zug hielt wieder einmal an einem Bahnhof, wir mußten aussteigen. Aber diesmal sah es so aus, als ob unsere Fahrt erst einmal unterbrochen würde. Wir waren in Saaz, einer Stadt in der Tschechei angekommen. Wir wurden am Bahnhof in Reihen zusammengestellt und reihten uns in den Troß ein, der sich langsam aus dem Bahnhof in Richtung Stadt in Bewegung setzte. Lautes Geschrei war zu hören, Kinder riefen nach der Mutter, oft wurden bei solchem Durcheinander Familien getrennt. Ich hielt meinen Bruder immer besonders fest an der Hand und ließ meine Mutter nicht aus den Augen. Einheimische blieben manchmal stehen und schauten uns verwundert oder mitleidsvoll an. Was wird wohl in ihren Gedanken vorgegangen sein, als sie dieses Bild von Elend und Armut sahen? Ausgehungert, müde und ungepflegt von der tagelangen Fahrt, wie wir waren? Es muß ein Bild gewesen sein, als ob eine Strafkolonne ins Lager getrieben wird.

Nach einer Weile Fußmarsch kamen wir in einer Schule an. Die Turnhalle sollte nun erst einmal eine Weile unser Zuhause werden. Eiligst suchten alle Familien sich einen Platz auf dem Fußboden, um erst einmal zur Besinnung zu kommen. In einer Ecke war eine Kochgelegenheit eingerichtet, um die sich sofort Mütter scharten, um zuerst die kleinsten Kinder notdürftig zu versorgen, die laufend weinten. Im Laufe des Tages wurden Decken ausgegeben, die große Wohngemeinschaft richtete ihr neues *Zuhause* ein.

Einige Tage lebten wir so und hofften, zu jenen Familien zu gehören, die ein zugewiesenes Privatquartier aufsuchen konnten. Die Nachtruhe wurde fast immer durch irgendwelche Ereignisse unterbrochen. Eine Beleuchtung brannte die ganze Nacht. Kranke Leute stöhnten vor Schmerzen, von Zeit zu Zeit weinten Kinder. In einer Nacht war besonders große Aufregung. Ich wurde munter vom

Lärm. Einige Leute bemühten sich um eine alte Frau und trugen sie dann nach einer Weile hinaus. Am darauffolgenden Morgen sah ich, daß sie nicht mehr da war. Auch ihre Decke war weg.

Abends, vor dem Schlafen, beim Beten betonte ich die Stelle ›Unser täglich Brot gib uns heute‹ besonders stark, hoffte ich doch, daß mein Bitten für alle Menschen, die mit uns leiden mußten, irgendwie erhört wird, daß sich vielleicht jeder einmal wieder satt essen kann. Da meine Mutter schwanger war, gehörten wir zu den Familien, die ›vermittelt‹ wurden. Eines Tages suchten wir unser neues Quartier auf. Unmittelbar in der Nähe des Marktplatzes befand sich ein großes Fleischergeschäft. Ich stand mit meinem Bruder vor einem großen Schaufenster und muß wohl all die vielen Würste gierig angestarrt haben, während er ununterbrochen mit Begeisterung auf die Auslagen zeigte und monoton »Wurst, Wurst, Wurst« schrie. Nachdem meine Mutter wieder aus dem Laden kam, wurden wir durch eine Toreinfahrt hereingelassen. Über einen großen Innenhof gelangten wir auf einer Eisentreppe in die erste Etage des Seitengebäudes. An einen Waschraum grenzte ein kleiner Raum, der unsere neue Unterkunft werden sollte. Eingerichtet mit drei Schlafstellen, einem Tisch, drei Stühlen und einem Schrank, machte es den Eindruck einer Gefängniszelle. Doch wie sich in nächster Zeit herausstellte, war es immer noch besser als andere Übernachtungsmöglichkeiten auf unserem weiteren Fluchtweg.

Im Erdgeschoß befand sich ein Schlachthaus.

Ich stand oft auf der Treppe und beobachtete das Treiben auf dem Hof, außer an Schlachttagen, denn die Geschehnisse waren nichts für Kinder. Kühe, Schweine und manchmal niedliche Kälbchen wurden meist abends gebracht und warteten auf dem Hof bis zur Schlachtung am nächsten Tag. Es war in unserem Zimmer nicht zu überhören, wenn die großen Tiere auf dem Betonboden zusammenbrachen und Schweine im Todeskampf letzte laute Schreie von sich gaben.

Die Fleischerfamilie, auch mit zwei Kindern, hatte im Vorderhaus Personalzimmer, wo eine Verkäuferin und zwei Gesellen wohnten. Ein Geselle, er hieß Josef, war Fremdarbeiter. Er war der einzige, der mit uns fühlte und uns half, wenn er es möglich machen konnte. In einer großen Küche im Vorderhaus durften wir zum Mittagessen und Abendbrot an einem kleinen Tisch, der getrennt von der großen Tafel stand, unser Essen einnehmen. Wir durften dazu den Küchenherd benutzen, um uns die Restspeisen vom Vortag aufzuwärmen. Zum Abendbrot bekamen wir meist einen Teller mit Resten des Ladens, Wurstenden und Abfälle, die für den Verkauf nicht mehr zu gebrauchen waren. Dennoch war das alles für uns im Vergleich zu den zurückliegenden Tagen ein großes Geschenk, und wir waren dankbar dafür.

Meine Mutter versuchte das gutzumachen, indem sie nach den Mahlzeiten der Köchin beim Abwasch half und sich abends beim Kleben der Fleischmarken nützlich machte. Manchmal bekam sie eine Fleischmarke, die wir dann immer für eine

Wurst zusätzlich aufsparten und die wir auch bald in einer Schicksalsstunde benötigen sollten.

Außer unserem Zimmer, einer Toilette im Vorderhaus, der Küche und dem Luftschutzkeller durften wir keine anderen Räume betreten. Die Kinder mieden uns, durften wahrscheinlich mit uns keinen Kontakt aufnehmen. Diese Art von Ablehnung mußten wir die nächste Zeit überall ertragen, uns damit abfinden und daran gewöhnen, denn die Meinung war weit verbreitet, daß Flüchtlinge klauen und Ungeziefer haben.

Der Krieg war durch das Heulen der Sirenen noch zu spüren, er ging wohl in die Endphase. Wir legten uns abends mit den Anziehsachen schlafen, um bei Fliegeralarm schnell im Keller zu sein. Der Keller war ein großes Gewölbe unter dem Vorderhaus. Von einer Seite war ein Gang sichtbar, der von den Wirtsleuten wie ein großes Geheimnis behütet wurde. Man sagte uns, daß dort viele Ratten seien und es gefährlich wäre, da hinein zu laufen.

Eines Tages hatte es meine Mutter plötzlich sehr eilig. Sie gab mir einige Instruktionen und verabschiedete sich mit den Worten, daß sie ins Krankenhaus müsse und bald wieder da sei. Wir standen auf der Treppe und guckten ihr hinterher, bis sie aus der Toreinfahrt verschwunden war. Ich war nun mit meinem Bruder allein und mußte die Verantwortung übernehmen. So saß ich beim nächtlichen Fliegeralarm allein mit ihm und den anderen Leuten im Luftschutzkeller. Es war nicht leicht, ihn beim Ertönen der Sirene aus dem Bett und in den Keller zu bekommen. Er schlief immer wieder ein und weinte, weil er aus dem Schlaf gerissen wurde. Meistens lehnte er dann im Keller an meiner Seite und schlief wieder ein. Obwohl ich meine Schildmütze aufgesetzt hatte und meinen Mantel immer schnell anzog, saß ich zitternd in unserer Ecke. Es war ein Zittern vor Kälte und vor Angst. Die anderen Leute saßen entfernt von uns und kümmerten sich kaum um uns. Ich frage mich heute, was das wohl für Frauen gewesen sein müssen, die – kalt wie das Kellergewölbe, in dem wir saßen – nicht ein Wort des Trostes oder gar ein Streicheln für uns übrig hatten, das uns bestimmt gutgetan hätte.

Während wir auf die Entwarnung warteten, gingen mir viele Gedanken durch den Kopf. Würde unsere Mutter wiederkommen? Wenn nicht, wie geht es mit uns weiter? Lebten Vater und meine Großeltern noch? Ich sah in Gedanken Dresden und erinnerte mich an die letzten Tage in der Heimat, als im Radio Bomberverbände gemeldet wurden. Mein Bruder fragte mich in diesen Tagen oft nach der Mutter. Es waren meistens unsere letzten Worte, ehe wir weinend einschliefen, doch ich konnte ihm immer nur die beruhigende Antwort geben: »Sie kommt bald wieder.«

Es waren ein paar Tage vergangen, als ein Ereignis Freude und Ablenkung in unser tristes Leben brachte: Wir hatten Familienzuwachs bekommen. Meine Mutter hatte ein Mädchen zur Welt gebracht, das wir Renate nannten. Wir waren nun wieder zusammen. Von der Wirtsfrau bekamen wir einen Wäschekorb. Ich verbrachte viel Zeit mit Renate. Jede ihrer Bewegungen und Gesten beobachtete ich. Ehe ich abends schlafen ging, sah ich meist noch einmal nach meinem Schwesterchen, und früh war mein erster Gang zu ihrem Korb, um ihr einen guten Morgen zu wünschen. Wenn ich dann ein Lächeln auf ihrem Gesicht entdeckte, berichtete ich das mit Begeisterung meiner Mutter.

Renate war in einer schlechten Zeit geboren und mußte ein Leben voller Kälte und Hunger miterleben. Meine Mutter konnte sie nicht mehr stillen, und ich erinnere mich, daß sie oft den ganzen Tag wimmerte und zusehends abnahm. Ich wartete vergebens, um in ihrem Gesicht ein kleines Lächeln zu entdecken, doch ihr Zustand ließ das wohl nicht zu. Es war eines von vielen Erlebnissen in meinem Leben, das ich jahrelang nicht vergessen konnte und das mir nicht aus dem Sinn ging, was ich dann erleben mußte. Ich stand früh wie immer vor unserem Baby und wollte sehen, ob es ihm besser geht, doch sie rührte sich nicht und lag leblos in ihrem Korb. Ich stand lange davor und dachte, sie muß doch einfach munter werden, vielleicht schläft sie heute länger. Doch sie wachte nie mehr auf, sie war in dieser Nacht gestorben. Meine Mutter nahm mich schweigend zur Seite, ich sah, daß sie weinte, und erst jetzt begriff ich, daß Renate tot war.

Am nächsten Morgen ging ich mit meiner Mutter zum städtischen Friedhof. Wir fanden dort bald die Frau, die für die Bestellung des Friedhofes zuständig war, und teilten ihr unter Tränen unser Leid mit und baten um eine Bestattung. Ihr Mann, der sonst die Gräber herrichtete, war im Krieg. Sie zeigte uns nach einer Weile etwas, dessen Anblick ich nie vergessen werde. Von Zeit zu Zeit wurde ein großes Massengrab ausgehoben und die mittellosen, vom selben Schicksal wie wir betroffenen Menschen auf diese Art bestattet. Hier lagen Erwachsene, dazwischen Kinder in Tüchern oder Decken eingewickelt, und warteten, bis ihr Grab endlich geschlossen und mit Erde bedeckt wurde.

Mein erster Gedanke, den ich nach diesem Schock hatte, war ›Und hier soll meine Schwester liegen?!‹ Meine Mutter muß wohl denselben Gedanken gehabt haben und verhandelte mit der Frau. Wie ich später erfuhr, erreichte sie für die aufgesparten Fleischmarken eine bessere Lösung, und so gingen wir mit einem kleinen Kindersarg vom Friedhof nach Hause. Wir betteten unsere Renate mit viel Tränen und Sorgfalt zur letzten Ruhe und trugen sie zum Friedhof. Unterwegs in der Stadt fand ich eine abgebrochene Nelkenblüte. Es war der einzige Schmuck und ein kleiner Abschiedsgruß von mir, den wir auf das kleine Grab legten, das inzwischen ausgehoben war und das wir selber zuschaufelten. Wir blieben noch eine ganze Weile weinend vor dem Grab, ehe wir wieder in unsere Unterkunft gingen.

Inzwischen war es Ostern geworden, mein Bruder hatte Geburtstag gehabt, er wurde sechs Jahre. Wie hatten wir Kinder uns früher auf solche Tage gefreut und gewartet, wenn wir im Garten Ostereier suchen konnten, oder von Tür zu Tür gingen und mit Sommersingen den Sommeranfang begrüßten. Wir hatten uns schon viele Tage vorher

Holzstöckchen mit bunten Bändern geschmückt. An oberster Stelle wurde ein kleiner bunter Kranz befestigt, der Hauptaugenmerk sein sollte und deshalb besonders hervorgehoben mit allerlei Beiwerk bunt geschmückt gestaltet wurde. Dazu sagten wir dann unser Verschen auf:

Summa, Summa, Summa (Sommer)
Ich bin a klener Pumma
Ich bin a klener Kenich (König)
Gebt mer nich zu wenich
Laßt mich ni zu lange stihn
denn ich muß no weita gihn

Diese Ostertage waren wie jeder andere Tag. Sie wurden fast vergessen. Auf dem Hof wurde weiter das für mich traurige Spiel des Tötens der Schlachttiere gespielt, und wir warteten immer ab, was der nächste Tag bringen würde. Es wurde Mai, wir vergaßen durch die aktuellen Ereignisse meinen Geburtstag. Die Leute riefen sich zu, daß der Krieg zu Ende sei. In mir machte sich ein bißchen Hoffnung und Freude breit, denn ich dachte mit meinem kindlichen Verstand, daß jetzt wieder alles schöner wird und wir wieder in unsere Heimat fahren. Doch das sollte nur ein Traum bleiben, denn an den Nachwehen des Krieges sollten die Menschen noch lange zu leiden haben.

Eines Morgens herrschte große Aufregung im Haus. Die Wirtsfrau wurde in ihrem Schlafzimmer mit geöffneten Pulsadern aufgefunden. Sie wurde in ein Krankenhaus gebracht und das Haus von

Soldaten untersucht. Von nun an übernahm Josef die Verfügungsgewalt, wovon wir profitierten. Er lüftete nun auch das Geheimnis des rätselhaften Ganges im Luftschutzkeller. Es stellte sich heraus, daß sich dort ein riesiges Vorratslager der Familie befand: Kartons voll Babynahrung, Zucker, Mehl und Konserven, kurz gesagt alles, was eine Familie, die von der Außenwelt für längere Zeit abgeschnitten ist, zum Überleben benötigt. Der Abtransport mit Lastkraftwagen durch das Militär dauerte mehrere Tage. Von dem Vorrat hätten nur ein paar Päckchen gereicht, um meinem Schwesterchen das Leben zu retten. Nur weil Menschen von ihrem Überfluß nichts abgeben wollten und in Not Geratenen nicht geholfen haben, mußte ein Menschenkind am Hungertod sterben. Eins von wievielen?

Eines Tages sahen wir, wie gefangene deutsche Soldaten vorbeizogen, ein Elendsmarsch aus vom Krieg gezeichneten und abgemagerten Männern. Manche stützten einen in der Mitte laufenden Kameraden, andere hatten wiederum einen Handwagen und transportierten so einen Verwundeten. Ich erinnerte mich bei diesem traurigen Anblick an das Bild, als in der Heimat die Soldaten durch die Stadt marschierten. Was hatte der Krieg – angestiftet von einigen wenigen, und doch auch begrüßt von vielen – aus ihnen und mit ihnen gemacht!

In den Straßen der Stadt patrouillierten russische Soldaten. Manchmal schossen sie in die Luft und beobachteten alles, was sich in der menschenleeren Straße, die zum Markt führte, bewegte.

Wir hockten im Vorderhaus und lugten vorsichtig durch ein geschlossenes kleines Dachfenster. Dabei durfte sich niemand sehen lassen, denn bei verdächtigen Bewegungen wurde sofort ein Warnschuß in diese Richtung gegeben. Wahrscheinlich wurden noch einzelne Gegner oder desertierte Soldaten, die sich in den Häusern versteckt hielten, vermutet, denn ab und zu gingen sie mit der Waffe im Anschlag in die Häuser, um zu kontrollieren. Eine solche Kontrolle muß es wohl gewesen sein, als wir eines Tages beim Mittagessen saßen und plötzlich ein russischer Soldat in die Küche gestürzt kam.

Der Soldat fragte nach dem Namen einer Verkäuferin und ging eiligst auf sie zu. In gebrochenem Deutsch sprach er mit zorniger Stimme: »Wo Hitler gestorben, du hu hu geheult!« Im gleichen Moment holte er mit seiner großen kräftigen Hand zu einer Ohrfeige aus und schlug zu. Die Wirkung war so gewaltig, daß die Frau ein Stück durch die Küche flog und an einer Fliesenwand landete. Anschließend ging er, ohne die weinende Frau zu beachten, weiter um den Tisch. Ich spürte ihn hinter mir. Ich senkte schnell meinen Kopf, um einen Blickkontakt zu vermeiden und ihn nicht zu provozieren. Eine Abbildung eines Buches von zu Hause kam mir in den Sinn und ließ mich erschauern: Bei einem Trinkgelage waren Russen mit furchterregendem Gesichtsausdruck dargestellt, die Messer im Mund hatten und Gläser und Flaschen an die Wand warfen. Heute weiß ich, wie Haß und Feindschaft schon bei Kindern erzeugt wurde, um ein

Feindbild zu schaffen und Menschen für den Krieg zu begeistern.

Nachdem der Russe eilig die Küche wieder verlassen hatte, saßen alle aufatmend noch eine ganze Weile schweigend am Tisch, manche weinten und irgend jemand kümmerte sich um die Verkäuferin, die noch immer auf dem Fußboden saß.

Mein Vater hatte inzwischen unseren Aufenthaltsort ausfindig gemacht. Er hatte sich bei einem Onkel in Görlitz versteckt gehalten und sich eines Tages zu uns geschlichen. Da er Fleischer war, durfte er im Schlachthaus mitarbeiten. Wenn er abends von der Arbeit kam, lagen wir schon im Bett. Wir warteten nicht nur auf ihn, sondern auf eine Überraschung, die es ab und zu für uns gab. Er brachte manchmal einen Kringel warme Wurst mit, die dann geteilt wurde – es war wahrscheinlich sein Lohn.

Doch all diese Freuden sollten wieder nur für kurze Zeit anhalten, denn eines Morgens sorgte eine Anordnung für Aufregung und erneute Familientrennung. Alle Männer im Alter von achtzehn bis sechzig Jahren mußten sich bis zehn Uhr auf dem Markt einfinden. Es gab eine kurze Verabschiedung, doch wie sich in nächster Zeit zeigte, lag das nächste Wiedersehen in weiter Ferne und war voller Ungewißheit. Wir waren zurück in das Vorderhaus gegangen, um einen Blick aus dem Bodenfenster auf den Markt zu werfen, wo sich ein chaotisches Szenarium abspielte. Soldaten schrieen laute Befehle in den ungeordneten und wirren Haufen der Menschenmenge. Nach und nach gingen die Männer in Reihen in der selben Richtung aus der Stadt wie sie einigen Tagen der Elendsmarsch der Gefangenen. Am nächsten Tag zeichnete der menschenleere Marktplatz mit all den Abfällen und zurückgelassenen Gegenständen ein Bild von den Geschehnissen des Vortages.

Wir durften nun wieder die Häuser verlassen und auf die Straße gehen, doch nur mit einer weißen Armbinde. Inzwischen hielten sich ständig bewaffnete Soldaten im Haus auf und überwachten den Abtransport der verschiedenen Sachen. Eines Tages teilte uns ein Tscheche der Wachmannschaft mit, daß wir bis zum Abend die Papiere meines Vaters nach Postelberg bringen müssen, das war ein Gefangenenlager, einige paar Kilometer von Saaz entfernt. Wer sich nicht ausweisen könne, erklärte er uns, sei verdächtig, Angehöriger der SS zu sein und werde erschossen. Mir kam sofort ein Bild in den Sinn, das ich in den letzten Tagen vom Bodenfenster aus gesehen hatte. Ein Mann wurde durch die Straße getrieben, der auf seinem nackten Oberkörper mit roter Farbe gemalt das Zeichen der berüchtigten SS hatte.

Wir suchten nun schnellstens unsere paar Sachen nach irgendwelchen Unterlagen durch und machten uns auf den Weg, das Leben unseres Vaters zu retten. Um die Wegstrecke abzukürzen, liefen wir manchmal querfeldein durch die Hopfenfelder, die sich links und rechts entlang der Straße zogen. Wenn man ab und zu nach oben sah, glich der schmale Streifen, den die hohen Hopfenstangen vom Himmel freiließen, einem blauen Band, das sich ins Endlose zog und einen nie zu Ende gehenden Weg darstellte, ähnlich einem Irrgarten. Nach einiger Zeit hatten wir, beinahe ohne ein Wort gesprochen zu haben, das Lager erreicht. Ein Posten am Tor nahm uns die Papiere nach einem kurzen Gespräch ab. Danach verweilten wir noch am Tor, um bei den von Posten bewachten Männern, die in Hockstellung auf dem Hof saßen, vielleicht unseren Vater zu entdecken. Doch aus dieser Entfernung war das nicht möglich. So sehr ich auch versuchte, die Reihen durchzusehen, ich konnte ihn nicht erkennen.

Wir begaben uns wieder auf den Heimweg mit dem Gedanken, unserem Vater vielleicht das Leben gerettet zu haben. Es wurde langsam Abend, die Dunkelheit brach herein. Beim Heimweg durch die Hopfenfelder hörten wir aus der Ferne Schüsse. Ich weiß nicht, ob meine Mutter mich beruhigen wollte, als sie mir sagte, daß dort Wild geschossen würde. Unser Querfeldeinlauf hatte in gewissem Sinne schon etwas mit einer Jagd gemeinsam. Der Unterschied bestand nur darin, daß nicht Tiere, sondern gehetzte und ängstliche Menschen um ihr Leben rannten, und außerdem waren wir ja durch weiße Armbinden als Freiwild gekennzeichnet. Wir hatten keinen Menschen getroffen, als wir plötzlich ein einsames Bauerngehöft vor uns sahen. Ein paar ärmlich aussehende alte Leute saßen auf einer Bank vor dem Haus. Wir gaben zu verstehen, daß wir Durst haben, und so durften wir uns an einer Gartenpumpe Wasser nehmen. Nachdem wir hastig ein paar Hände ins Gesicht gespritzt hatten, tranken wir ein paar Schluck, und nach einem kurzem Danke liefen wir weiter. Jetzt hatte ich durch die kurze Ruhepause Gelegenheit gehabt, mich für einen Moment zu besinnen. Meine Füße schmerzten, an beiden Fersen hatten sich Wasserblasen gebildet. Ich fand, daß es besser sei, barfuß weiterzulaufen. Wir liefen jetzt wieder auf einer Teerstraße, die sich schier endlos hinzog und nach Saaz führte. Wir sahen hinter uns ein herannahendes Auto. Meine Mutter hatte wohl vor Erschöpfung – sie hatte von Zeit zu Zeit gesagt: »Ich kann nicht mehr!« – Angst und Vorsicht vergessen und hielt das Auto an. Es war ein Viehtransporter. Mit Schrecken sah ich, daß am Steuer ein russischer Soldat saß. Nachdem wir durch eine Geste zu verstehen gaben, daß wir nach Saaz wollen, gab er durch eine Handbewegung uns zu verstehen, daß wir einsteigen sollen. Ich saß neben ihm, mein Blick richtete sich nicht auf die vor uns liegende Straße, sondern nur auf ihn. Er hatte einen kahlgeschorenen Kopf, machte aber einen zutraulichen Eindruck auf mich. Als wir eine Weile gefahren waren, streichelte er mir mit einem Lächeln über den Kopf. Ich glaube, daß ich dabei zuerst mit einem ängstlichen Zucken reagiert habe, doch war dieser Moment ausschlaggebend, diese Menschen anders zu sehen, als sie uns zuvor hingestellt worden waren. Mir gingen, während ich ihn anschaute, tausend Gedanken durch den Kopf. Gern hätte ich all die Fragen an ihn gerichtet. Hatte er vielleicht auch Kinder? Wo und wie war sein Zuhause, und sicher wäre auch er lieber da als in einem fremden

Land. An einer Abzweigung hielt er an, wir stiegen mit einem kurzen Blick des Dankes aus und trennten uns von einem Menschen, dem der Krieg sicher auch irgendeinen Schicksalsschlag gebracht hat, der aber Mensch geblieben ist. Kurz vor der Stadt mußten wir eine große Brücke überqueren. Meine Mutter blieb stehen und hatte wohl allen Mut und die Hoffnung verloren. Sie nahm mich zu sich und sagte: »Komm, wir springen runter.« Meine spontane Antwort darauf: »Nein, komm, Manfred wartet doch zu Hause!«

Es war inzwischen finster geworden, als wir in unserer Unterkunft ankamen. Mein Bruder schlief fest, er hatte bestimmt lange gewartet und war darüber eingeschlafen. Ich verspürte, obwohl wir sehr lange nichts gegessen hatten, keinen Hunger und wollte nur noch in mein Bett. Ich fiel sofort in einen tiefen Schlaf, aus dem ich erst am Mittag aufwachte. Einige Tage später sorgte ein Gerücht für große Aufregung. Die Leute erzählten, daß nun auch Frauen und Kinder sich stellen müßten und in ein Lager kämen. Eiligst packten wir unsere Habseligkeiten. Ich bekam auf meinen Schulranzen, der mit Besteck und etwas Proviant gefüllt wurde, eine Decke geschnürt. Mein Bruder hatte auch eine Decke bekommen. Meine Mutter trug eine Tasche, in der sich unter anderem eine Wurst und der Karton Würfelzucker befanden, von dem wir so gerne ab und zu ein Stück gekostet hätten. Josef hat uns die Sachen mit auf die Reise gegeben, aber schon bei der ersten Kontrolle am Bahnhof wurde uns alles abgenommen. Wir hatten uns nun in den ersten besten Zug zu begeben, der in Richtung Grenze fuhr, denn es hieß, daß wir nun wieder nach Hause in unsere Heimat dürften. Vor Augen hatten wir nur noch ein Ziel: »Nur schnell weg von hier!«

Die Zugfahrt, mitunter in Viehwaggons oder anderen Wagen, wurde wegen der zerstörten Schienen unentwegt unterbrochen. Manchmal stiegen wir auf freier Strecke ein oder aus. Ich erinnere mich an eine Fahrtstrecke, auf der ich Todesängste ausstand, weil wir auf einem Plattenwagen direkt hinter der Lokomotive saßen und bei jedem Anrucken des Zuges aufpassen mußten, nicht herunterzufallen. Wir hatten geschwärzte Gesichter, waren aber froh, wieder ein Stück der Heimat näher gekommen zu sein.

Der Zug hielt auf einem Bahnhof, die üblichen Kontrollen fanden statt, obwohl wir mittlerweile zum Wegnehmen nichts mehr besaßen. Als wir aus der Baracke, die wie ein Trödelladen mit allerlei Sachen gefüllt war, herausgingen, wurde meine Mutter zurückgehalten. Sie mußte Aufräumungsarbeiten verrichten und den Fußboden reinigen, wie sie mir später sagte. Ich saß ein Stück entfernt von der Baracke und behielt den Ausgang im Auge, aus dem von Zeit zu Zeit meine Mutter kam und mir ein Zeichen gab, außerdem mußte ich auf meinen Bruder aufpassen, da er immer weglaufen wollte.

Bald ging die Fahrt weiter, nun in Richtung Sachsen. Das völlig zerstörte Dresden erinnerte an den Krieg und die vielen Flüchtlinge, die hier unter den Trümmern lagen. Die Fahrt endete, man mußte zu Fuß weiterziehen. Nach und nach bildeten sich Flüchtlingstrecks, die von Ort zu Ort zogen. Wenn wir abends einen Ort erreicht hatten, machten wir Rast und versuchten, eine Bleibe zum Übernachten zu bekommen. Das war dann meistens eine Scheune oder ein Stall, worin das ausgestreute Stroh oft von den vorherigen Übernachtungen von allerlei Zurückgelassenem verunreinigt war. Manchmal war auch einfach nur ein feuchter Straßengraben das Nachtlager. Da wir uns nur durch Betteln ernährten, mußten wir uns dann gleich vor dem Schlafengehen auf den Weg ins Dorf begeben, um etwas Eßbares zu bekommen. Mir fiel es schwer und es kostete mich viel Überwindung, von Haus zu Haus an die Türen zu klopfen und manchmal auf unschöne Art und Weise abgewiesen zu werden. Aber der Hunger ließ Angst und Hemmung nicht aufkommen. An fast jedem Eingang war das zu dieser Zeit übliche Schild ›Vorsicht bissiger Hund‹ angebracht, meist nur zur Abschreckung, um die Bettler, die sich die Klinke in die Hand gaben, fernzuhalten. Manchmal allerdings mußte man tatsächlich schnell das Weite suchen, um nicht von einem Hund gebissen zu werden.

Ich erinnere mich an eine Begebenheit, die zeigt, was hungernde Menschen im Stande sind zu leisten, um etwas zu Essen zu bekommen. Als ich in einem Dorf wieder einmal von Tür zu Tür betteln ging, kam ich in ein Bauerngehöft, wo anscheinend niemand zu Hause war. Aus einem neben dem Wohnhaus befindlichem Stall kam ein Geruch von gekochten Kartoffeln heraus, dem ich nach ging. Die Schweine mußten wohl gerade erst gefüttert worden sein. Ohne lange zu überlegen, stopfte ich mir schnell Kartoffeln, die von den Tieren noch nicht erreicht worden waren, in beide Hosentaschen und rannte so schnell ich nur konnte aus dem Hof.

Manchmal durfte ich bei Leuten einen Rest vom Mittagessen verzehren, doch meine Mutter und mein Bruder hatten ja auch Hunger und warteten auf mich, wenn sie weniger Glück beim Betteln gehabt hatten. Nahrungsquellen waren auch der Sauerampfer auf den Wiesen oder die Äpfel an den Alleebäumen. Doch fand man dort nur sehr selten etwas, sie waren schon abgeerntet. Auf unserem Weg gelangten wir eines Tages in ein Dorf, wo alle Familien mit Kindern von der Gemeinde einen Handwagen bekamen. Es war ein Geschenk des Himmels für uns. Wir waren stolz auf unser *Fahrzeug*. Jetzt schmerzten wenigstens abends die Füße nicht mehr, denn jedes von uns Kindern durfte ab und zu im Wagen sitzen. Später haben wir irgendwie zwei Fallschirmkanister bekommen, die genau in den Wagen paßten, und so verstauten wir nun unseren kleinen Besitz, der lange Zeit nicht umfangreicher wurde.

Eines Tages erreichten wir Eibau, einen Ort in Sachsen, bekannt durch eine Maschinenfabrik, in der wir übernachten durften. Wir lagen zwischen den Maschinen auf dem Ölfußboden. Als früh die Arbeiter kamen, mußten wir die Schlafstelle verlassen. Es ging weiter; wir kamen nach Löbau. Eine ältere Frau in einem kleinen Haus an einer Hauptstraße hatte wohl Mitleid mit uns und bot uns für ein paar Tage Übernachtung an. Die Frau teilte das Essen mit uns, und ab und zu gab es eine kuriose Zusatzration. Die Frau schnitt von ihrem Brot immer die Ränder ab, weil sie nicht gut beißen konnte. Wir Kinder wetteiferten dann immer darum, wer am schnellsten ist und ein Stück erhascht, ehe es auf den Tisch fällt. Durch eine Hilfeleistung, die für die heutige Zeit absurd wäre, konnten wir uns auf unsere Art revanchieren. Die Frau hatte ein böses Bein und mußte jeden zweiten Tag zur Behandlung. So setzten wir sie auf eine Fußbank in unseren Handwagen und fuhren sie in das städtische Krankenhaus. Von Zeit zu Zeit ging die Fahrt in kindliches Spiel über, indem wir einen Galopp über das holprige Kopfsteinpflaster einlegten, woraufhin die Frau mit lautem Rufen protestierte.

Da Görlitz nicht weit entfernt war, machte sich meine Mutter eines Tages auf den Weg und kam abends mit der freudigen Nachricht wieder, daß mein Vater aus dem Lager entkommen konnte und sich wieder in der Stadt aufhielt. Immer öfter sahen wir jetzt, daß viele Flüchtlinge von der naheliegenden Grenze zurückkamen. Groß war die Enttäuschung als wir erfuhren, daß wir nicht zurück in unsere Heimat dürfen.

Inzwischen war der Sommer vorbei. Wir hatten uns um ein neues Quartier zu kümmern, denn bei der Frau konnten wir nicht bleiben, da der Raum nicht beheizbar war. Bald fanden wir bei unserer Suche in der Umgebung von Löbau eine neue Unterkunft. Der kleine, ländliche Ort hieß Thonhausen. Auf einer allmählich ansteigenden Straße gelangte man ziemlich am Ende des Dorfes zu einem Bauerngehöft. Den Hof, auf dem sich ein großer Misthaufen befand, säumten ein Wohnhaus und Stallgebäude für verschiedene Tiere. Durch eine Tür neben einem Kuhstall gelangten wir über eine steile Holztreppe in ein einstöckiges Gebäude zu unserer neuen Unterkunft. Der Raum mit seiner schlichten Einrichtung muß wohl früher einmal als Unterkunft für Knechte oder Mägde gedient haben. Von einem kleinen Fenster aus hatte man einen Blick zum Hof. Auf der gleichen Etage befand sich die Getreidekammer, die natürlich ein sehr beliebter und reich bewohnter Raum für allerlei Getier war. Das konnte man oft in der nächtlichen Ruhe hören. Manchmal verlief sich eine Maus in unser Zimmer, doch ich glaube, sie suchte schnell wieder das Weite, weil nicht eine Krume zu finden war. Wir durften uns Strohsäcke stopfen und bereiteten die Nachtlager vor. Unter unserem Zimmer war der Kuhstall, besonders zu den Fütterungszeiten gut zu hören oder wenn die Tiere sich nachts bemerkbar machten.

Der Alltag hielt nun wieder bei uns Einzug. Ein Ereignis brachte Abwechslung in unser Leben. Im Dorf war eine Schule, die ich mit besuchen durfte. In einem Klassenraum wurden Schüler unterschiedlicher Altersgruppen unterrichtet, die kleinen saßen auf den vorderen Bänken, die größeren hinten. So war der Unterricht immer abwechselnd mal interessant und mal langweilig. Nach dem Unterricht ging ich dann mit meinem Bruder, der auch in dieser Klasse am Unterricht teilnehmen sollte, bei Eintritt der Dunkelheit in unser Quartier. Die Ablenkung half, für einen Augenblick unsere trostlose Situation zu vergessen.

Es war Herbst geworden, die Bauern brachten die Ernte ein. Schwere, mit Getreidegarben beladende Fuhrwerke wurden von Pferden auf den Hof gezogen. Eines Tages sollte in der Scheune das Getreide gedroschen werden. Ein Knecht trug die gefüllten Getreidesäcke in die Kornkammer. Ich stand in unserer Tür und schaute zu, wie Sack für Sack den Raum füllte. Der Mann muß wohl meine Gedanken gelesen haben. Auf einmal ging er auf unsere Tür zu und gab mir durch eine Geste zu verstehen, sie zu öffnen. Er stellte wortlos einen kleinen Sack mitten in unser Zimmer und lief schnell die Treppe wieder hinunter. Wir standen eine Weile wortlos davor und konnten das Geschehene für einen Moment gar nicht fassen. Ich trat vor die Tür und wollte mich irgendwie bedanken, wußte aber nicht, wie ich das anstellen sollte. Ich wäre ihm am liebsten vor Freude um den Hals gefallen, aber er konnte die Freude in meinen Augen ablesen, und sicher fühlte er die Gewißheit, etwas Gutes getan zu haben. Für uns begannen wahre Feiertage. Einen Teil des Getreides tauschten wir in einer Mühle von Zeit zu Zeit gegen Mehl ein und das wiederum gegen Brot. Ich saß dann mit meiner Mutter, noch bevor der Bäckerladen öffnete, vor der Tür und mir lief förmlich das Wasser im Mund zusammen vom Geruch des frischen Brotes. Einen anderen Teil verwendete meine Mutter für unsere Schrotsuppe. In der Kaffeemühle mahlten wir die Körner, die dann mit Wasser oder Milch gekocht eine Suppe ergaben.

Es wurde Dezember, mit Kälte und Schnee hielt der Winter Einzug. Auf dem eingeschneiten Bauernhof war es ruhig geworden, nur manchmal rannten eiligst warm angezogene Leute in die Stallungen, um das Vieh zu füttern. Es waren noch wenige Tage bis Weihnachten. Wie schön war doch früher diese Vorweihnachtszeit immer zu Hause gewesen, wenn das Fest vorbereitet wurde. Bald wieder ein richtiges zu Hause zu haben, das wäre für mich das größte Geschenk gewesen.

Heiligabend strahlte der Hof mit seiner Ruhe diesem Tag entsprechend eine festliche und idyllische Atmosphäre aus. Ein Weihnachtsbaum wurde von einem Knecht nachmittags ins Haus getragen. Im Gegensatz zu seiner sonstigen Kluft war er festlich gekleidet und gab dem Tag so auf seine Art ein feierliches Gepräge. Es war Abend geworden, die Dämmerung war gekommen und wir saßen am Tisch beim Abendessen. Meine Mutter hatte früh beim Wasserholen im Kuhstall Milch bekommen, und so brauchten wir heute unsere Schrotsuppe nicht mit Wasser zu kochen. Eine Bereicherung und ein Weihnachtsgeschenk war aber schon, daß wir zu dieser Jahreszeit eine Bleibe hatten, nicht betteln zu gehen brauchten und uns sogar satt essen konnten. Viele Flüchtlinge werden sich wohl in jenen Tagen der Ungewißheit die Frage gestellt haben: »Wann wird wohl Weihnachten für uns wieder ein Fest der Freude sein?«

Meine Mutter legte sich mit meinen Bruder ins Bett. Manfred schlief schnell ein. Er hatte den Heiligabend gar nicht recht wahrgenommen. Ich stellte mich noch ein bißchen ans Fenster, um noch etwas von diesem Tag zu erleben. In die von Kälte zugefrorene Fensterscheibe hatte ich mit meinem Atem ein kleines Guckloch gemacht, das mir einen Blick zum Hof mit dem Bauernhaus freigab. Alle Fenster waren hell erleuchtet. Ich dachte, daß nun bestimmt wie bei uns früher alle um den hell erleuchteten Weihnachtsbaum stehen und Weihnachtslieder singen. Bei diesem Gedanken fing ich leise für mich ›Stille Nacht, heilige Nacht‹ an zu singen und dachte für einen Moment, daß ich bei dieser Feier dabei wäre. Doch ich wurde schnell aus meinem kurzen Traum in die Wirklichkeit zurück gerufen, als mich meine Mutter ermahnte, meinen Bruder nicht zu wecken und auch schlafen zu gehen. Bald schlief ich dann mit den Gedanken der Erinnerung an vergangene Weihnachten in der Heimat ein.

Die Neue Heimat - Eisenach in Thüringen

Das Jahr der Flucht aus der Heimat war zu Ende gegangen, ein neues Jahr hatte begonnen. Was würde es wohl bringen? Würden wir nach fast einem Jahr Leben auf der Straße in diesem Jahr eine neue Heimat finden? Diese und andere Fragen stellte ich mir oft in jenen kalten Wintertagen. Mein Vater hatte im Krieg einen Soldaten kennengelernt, der in Eisenach beheimatet war. Durch ihn hatte er bei einer Familie Unterkunft und Arbeit als Polizist in der Stadt bekommen. Eines Tages erfuhren wir, daß er für uns eine Wohnung besorgt hatte.

An einem eisig kalten Wintermorgen wurden unsere Habseligkeiten auf einen Pferdewagen gepackt, der uns zum Bahnhof in die Kreisstadt fuhr. Nach stundenlanger Fahrt kamen wir in Eisenach an. Wir wurden vom Bahnhof mit einem Auto der Polizei abgeholt und in unser neues Quartier gefahren. Es war meine erste Fahrt in einem Personenauto, die in mir so etwas wie Stolz hervorrief. Unsere Unterkunft war ein Mansardenzimmer in einer Villa am Rande der Stadt. Ein Teil des Zimmers war mit Stroh ausgelegt, das wir später in Strohsäcke stopften, die wir neben ein paar Decken und ein paar Hausratgegenständen von der Volkssolidarität bekommen hatten.

Die Flüchtlinge hatten sich im Laufe der Zeit in Deutschland zerstreut und eine neue Heimat gesucht. Das Land war von den Groß- und Siegermächten des Krieges aufgeteilt worden. Während manche in den westlichen Teil gingen, der von den Amerikanern besetzt war, landeten wir im östlichen Teil Deutschlands, der sowjetischen Besatzungszone, was sich nach Jahren als Fehlentscheidung herausstellen sollte.

Es wurde Frühjahr. Das Leben wurde normaler, wenngleich auch in Not, doch die war zu dieser Zeit bei vielen Menschen zu Hause. Alles, was die Natur anbot, wurde für den Lebensunterhalt genutzt. Brennnesseln sind im Frühjahr besonders zart, und so suchten wir Stellen, wo sie besonders dicht und zugänglich standen. Die gewaschenen und gekochten Blätter ergaben eine Mittagsmahlzeit, ähnlich dem Spinat. An den Hängen der Autobahn blühte der Huflattich. Wir sammelten und trockneten die gelben Blüten, der unser Tee zum Abendbrot war. Dazu gab es von Zeit zu Zeit mit ›Affenfett‹ beschmierte Brote. Das war der zu dieser Zeit allerorts anzutreffende Brotaufstrich der armen Leute – zubereitet aus gerösteten Zwiebeln und ausgelassener Margarine. Wenn es das Wetter erlaubte, fuhren wir mit unserem Handwagen in die Wälder um Eisenach, um Holz zu sammeln. Dazu mußte man beim Forstamt einen Holzleseschein holen, der das Sammeln genehmigte und die Holzstärke festlegte. Da die Wälder aber zu dieser Zeit sehr aufgeräumt waren, wurde auch schnell mal ein Stück stärkeres Holz zersägt und im Wagen zuunterst versteckt. Auf der Heimfahrt mußten wir dann auf einer Straße fahren, die beim Forstamt vorbei führte. Wir machten dann immer kurz davor Halt, um Kräfte für die schnelle Vorbeifahrt zu sammeln, um so einer eventuellen Kontrolle zu entgehen.

Ich ging inzwischen wieder regelmäßig in die Schule und auch zum Religionsunterricht. Durch meine Kleidung und die Schulausrüstung unterschied ich mich von den anderen Kindern der Klasse und wurde auch entsprechend behandelt. Man meidete mich, denn es hieß überall, daß Flüchtlinge Ungeziefer haben und stehlen. In den Pausen stand ich oft allein auf dem Schulhof, in der Klasse saß ich allein auf einer Bank. Der Anschluß zum Lehrstoff fiel mir wegen des langen Ausfalls schwer. Ich bemühte mich aber eisern, mit den Leistungen der anderen Schüler Schritt zu halten, um so vielleicht Anschluß und Akzeptanz in der Klasse zu erreichen.

An jedem Schultag gab es für jedes Kind ein weißes Brötchen und eine Tasse Milch. Die Aufmerksamkeit lag dann natürlich schon lange vor der Pause nicht mehr beim Unterricht sondern beim Klingelzeichen, was zugleich das Startzeichen für den Wettlauf war, der dann im Schulgebäude stattfand. Jeder wollte beim Empfang dieser Sonderration der Erste sein. Ich war bei diesem Wettstreit oft benachteiligt und mußte anderen den Vortritt lassen, denn ab Mai, wenn die Sonne die Erde erwärmte, wurden meine Schuhe weggestellt. Dann ging es barfuß zur Schule bis in den späten Herbst, und es kümmerte sich kaum jemand darum, wenn er mit Schuhen einem auf die nackten Füße trat. Abends kam immer das große Schrubben, denn dann mußten die Füße vom schwarzen Ölfußboden gereinigt werden. Meist wurden sie einer Kontrolle durch die Mutter unterzogen, ehe ich ins Bett durfte.

Zur Zeit der Getreideernte ging es nach der Schule auf die Felder zum Ährenlesen. Es war mühsam, und man mußte manchmal lange suchen, um auf den abgeernteten und von vielen schon abgesuchten Feldern noch ein paar Ähren zu finden. Es schmerzte oft, wenn man beim Barfußlaufen über das Stoppelfeld in aller Eile die richtige Lauftechnik vergaß. Man mußte nämlich zuerst vor dem Auftreten mit dem Fuß die Stoppeln nach vorne umkippen, um dann einen weiteren Schritt zu machen. Zu Hause wurden dann sorgfältig die Körner aus den Ähren geraspelt und das Ganze ausgeblasen.

Weil ich wußte, daß es immer schwieriger wird, auf den gründlich abgeernteten Feldern noch eine Ähre zu finden, hatte ich mir heimlich eine Schere eingesteckt. Doch bald kam es so, wie kommen mußte. Ich hatte mich gerade in eine der aufgestellten Getreidepuppen gesetzt und ein paar der Ähren abgeschnitten, da packte mich ein Bauer, der sich versteckt hatte, am Kragen und drosch mich genauso durch wie sein Getreide. Ich spürte sehr schnell, daß er darin geübt war. Als es mir endlich gelang, mich aus seinen Fängen zu befreien, rannte ich – ohne meine Beute – barfuß über das Stoppelfeld so schnell ich konnte davon und wußte nicht, was mehr schmerzt, die Füße oder der Hintern. Wenigstens hatte ich die Schere noch in der Hosentasche. Der Bauer möge mir heute verzeihen, daß ich ihn bestehlen wollte, aber es war wohl ein Notfall ...

Zu meinem Geburtstag im Mai hatte ich ein paar Holzklapperlatschen geschenkt bekommen. Sie machten zwar auf der Straße unheimlichen Krach und lösten Gelächter aus, aber ich war froh über die Erleichterung, denn es wurde langsam kälter, und die Aufgabe, die ich jetzt hatte, war barfuß kaum zu verrichten. Die Kartoffelernte war abgeschlossen, und so ging es auf die Felder zum Kartoffelnstoppeln. Viele Menschen hackten an verschiedenen Stellen auf dem Feld, in der Hoffnung, hier und da vielleicht noch eine vergessene Kartoffel zu finden. Wenn man Erfolg hatte, konzentrierte sich alles auf die Gegend, und es wurde dann in einer Tiefe gesucht, wo wirklich nichts mehr wächst. Die Bauern waren nicht sehr erfreut darüber, weil die Felder dann oft unregelmäßig und tief zerfurcht waren.

Die Felder waren manchmal so belebt, daß man aufpassen mußte, vom Nachbar nicht mit der Hacke getroffen zu werden. Vor der Ernte wurde auf den Feldern viel gestohlen, deshalb wurden Streifen eingesetzt, der Flurschutz.

Es wurde kalt in unserer Dachkammer. Der kleine Ofen schaffte nicht genügend Wärme, und mein Vater wollte sich um eine andere Wohnung kümmern. So stand wieder ein Umzug bevor und zugleich für mich ein Schulwechsel. Unsere neue Unterkunft befand sich in einem kleinen Haus im Stadtzentrum. Bei einem alten Antiquitätenhändler hatten wir eine möblierte Zweizimmerwohnung mit Küchenbenutzung und einer Toilette, die sich im Hof befand, bezogen. Im Wohnzimmer stand eine alte Vitrine mit Glastüren, darin waren viele interessante Porzellanfiguren aufgestellt. Durch die Atmosphäre, die von ihnen ausgestrahlt wurde, fühlte ich mich manchmal beim Betrachten in eine heile Welt versetzt und war dabei so in meine Gedanken vertieft, daß ich erschrocken war, wenn jemand in das Zimmer kam. Gern hätte ich dieses oder jenes einmal in die Hand genommen, und so stand ich oft lange vor diesem ›Schaufenster‹, denn Spielzeug kannte ich nicht.

Das Mobiliar war älteren Ursprungs, und so wurden wir laufend ermahnt, nichts anzufassen und uns vorsichtig auf die alten Stühle zu setzen. Der Antiquitätenhändler hatte ein Geschäft in der Stadt, in das er mich eines Tages mitnahm, damit ich ihm beim Staubwischen helfen sollte. Behutsam, fast wie beim Streicheln ging ich vorsichtig über die Figuren, die wegen ihres natürlichen Aussehens einen Hauch von Leben hatten und zum Träumen verleiten konnten. Ich bekam ein kleines Geschenk, das ich ewig in Ehren hielt, denn ich konnte nach langer Zeit wieder einmal etwas mein Eigen nennen.

Mit der Einführung von Lebensmittelmarken hatte sich die Ernährungssituation verbessert. Für diese Marken und eine Bezahlung konnte man einen Dauerbezug für ein Essen in der Volksküche bekommen. Meistens war das eine Pferdebohnensuppe, die ich dann täglich in einer Drei-Liter-

Milchkanne von einer Ausgabestelle in der Stadt holte. Wir streckten diese Suppe meist mit Wasser oder mit der grauen breiartigen Masse, die wir aus rohen Kartoffelschalen zubereiteten, die gewaschen, gekocht und dann durch ein Sieb gepreßt wurden. Doch eines Tages sollten diese Lebensmittelmarken großes Unglück bringen. Meine Mutter wollte die Karten für uns und die Wirtsleute in der Ausgabestelle holen, doch sie ließ sie irgendwo liegen oder verlor sie. Ich merkte schon vom Weiten, als ich an jenem Tag von der Schule kam, daß irgend etwas bei uns passiert sein mußte. Aufgeregte Menschen vor dem Haus, alle Fenster in unserer Etage waren geöffnet. Ich lief ganz schnell in unsere Wohnung, wurde aber vom Schlafzimmer abgewiesen. Meine Mutter hatte versucht, sich mit Gas das Leben zu nehmen.

Es ging aber dann doch wie so oft in letzter Zeit weiter, denn wir hatten ja gelernt, ohne staatliche Hilfe zu überleben. Die nächsten Tage konzentrierte ich mich in der Schule fast nur darauf, schnellstens nach Hause zu kommen. Neben unserer Unterkunft war eine Wäschemangel, in der half ich zeitweise und bekam dafür ein kleines Entgelt. Gegenüber befand sich ein Gemüseladen, und wenn der Händler mit seinem Opel-Lieferwagen auf die umliegenden Dörfer zum Einkauf fuhr, nahm er mich mit. Ich half beim Beladen oder Herrichten des Gemüses und bekam dann immer als Lohn mal ein Bündel Möhren, eine Kohlrübe oder sonst etwas, was dann eine Mahlzeit für die Familie ergab.

Meine Großeltern, die in Schlesien geblieben

waren, meldeten sich eines Tages bei uns und baten darum, für sie eine Unterkunft zu besorgen, da sie nun auch die Heimat verlassen müßten. Meine Mutter erwartete zu alledem noch ein Kind, und so wurden die Wohnverhältnisse für uns zu eng. Ein Wohnungswechsel stand also wieder einmal bevor, doch diese Wohnung, in die wir nun zogen, brachte für unsere Familie und besonders für mich viel Aufregung, Tränen und Schicksalsschläge.

In der neuen Wohnung hatten wir ein Schlafzimmer für uns allein und brauchten auch nicht mehr gemeinsam in einem Bett zu schlafen. Ein weiterer Luxus für uns war die Toilette innerhalb der Wohnung und eine eigene Küche, auch wenn es selten eine Gelegenheit gab, sie zu benutzen. Ich ging inzwischen wieder in eine andere Schule und bereitete mich im Religionsunterricht auf die bevorstehende Kommunion vor. Wir schrieben das Jahr 1947. Es war Frühjahr. Eines Tages kam unser Familienzuwachs zur Welt. Ich hatte einen weiteren Bruder bekommen. Der blonde Junge hieß Wolfgang und hatte ein ganz besonders inniges Verhältnis zu mir. Meine Großeltern waren inzwischen auch aus Schlesien geflüchtet und wohnten bei uns. Ich hatte nun außer meinen Schulpflichten noch einige andere Aufgaben zu verrichten, da meine Mutter noch nicht recht bei Kräften war und mit unserem Baby zu tun hatte. Die Jungen in meinem Alter lachten mich oft aus, wenn sie vor dem Haus spielten und ich Fenster putzen mußte. Im Keller hielten wir, wie viele Leute in dieser Zeit, Kaninchen, um eine Nahrungslücke auszufüllen, und so war es für mich zur Pflicht geworden, täglich für ihr Futter zu sorgen. Das war aber nicht so einfach, denn es gab kaum ein Stück Wiese, das nicht verpachtet war oder jemandem gehörte. Löwenzahnblätter waren kaum irgendwo am Wegesrand zu sehen, denn viele Leute waren ja ebenso auf Futtersuche und täglich unterwegs. Mein Vater hatte sich inzwischen Hobbys zugelegt, deren Versorgung mir zum Teil oblag. So mußte ich jeden zweiten Tag auf dem Schlachthof Hundefutter holen und für die Fische, die er eigentlich für mich angeschafft haben wollte, täglich Wasserflöhe an einem Teich bei Eisenach fischen.

Ab und zu bekamen wir von der Mutter eine Fünfziggramm-Marke Zucker und jeder eine Hundertgramm-Marke Brot. Wir waren dann meist die ersten Kunden, die bei einem bestimmten Bäcker früh warteten, um uns ein Brötchen zu kaufen. Wir glaubten immer, daß die Brötchen dort am größten seien, aber so war das nicht, sie waren nur besonders breit geknetet. Die Zuckermarke lösten wir in einem kleinen Krämerladen in unserer Nähe ein. Wir standen oft im Laden und bestaunten die großen Bonbongläser oben auf der Ladentheke. Wir bekamen dann immer in einer kleinen Papiertüte die genau abgewogenen Himbeerbonbons, die gleich zu Hause brüderlich unter dem Modus: ›du eins, ich eins‹ geteilt wurden. Manchmal bekamen wir auch etwas Zucker zum Naschen, den wir uns als Bonbonersatz in einem Tiegel zubereiteten. Es gab dann oft Ärger mit der Mutter, wenn der Tiegel angeblich ›versaut‹ war.

Schokolade kannten wir damals nur vom Hörensagen.

Inzwischen wurde fast alles nur auf Karten verkauft oder ausgegeben. Für Raucher gab es eine Raucherkarte. Am Tag der Ausgabe warteten die Männer bereits vor dem Öffnen des kleinen Tabaklädchens in der Stadt. In der Schlange stand auch ich, um Vaters Kontingent zu holen. Das war eine Tabakmischung, deren Zusammensetzung durch ein Bild auf dem Deckel der Pappschachtel ersichtlich war – eine Waldlandschaft mit dem Namen ›Thüringer Leistung‹. Dazu mußte ich dann manchmal noch ein Päckchen Zigarettenpapier mitbringen. Zu Hause wurde ich dann schon ungeduldig erwartet. Hastig wurde eine Pfeife gestopft und genüßlich geraucht. Die Stube hatte dann alsbald den Geruch von einem Garten oder Kartoffelfeuer im Herbst. Ein Teil des Tabaks wurde mit getrockneten Blättern verschiedener Pflanzen gestreckt, ein Teil als Zigarettenvorrat gedreht.

Eine andere und auch sehr begehrte Karte war die Punktkarte, auf deren Abschnitte es Textilien und Schuhe gab. Wir packten dann einzelne Textilien in einen Rucksack und gingen in die umliegenden Dörfer, um sie bei den Bauern gegen Naturalien einzutauschen. Unser Gang von Tür zu Tür war doppelt schwer, denn einerseits hätte wir die Sachen selber gebrauchen können, und andererseits betrachteten die Bauern oft mit wählerischer Miene die Sachen, von denen sich zu trennen uns schwerfiel. Ich erinnere mich an einen Tausch, der für das nachteilige Verhältnis uns gegenüber typisch war: Für ein Tischtuch bekamen wir gnädig eine Kohlrübe. Die Bauern profitierten so von der Not der Stadtbevölkerung und man sagte oft spöttisch über sie: »Denen fehlt nur noch der Teppich im Kuhstall«. Man sah darum auch öfter ein Auto im Dorf als in der Stadt. Ein Glück für uns war es, als wir ein Stück Land hinter der damaligen Polizeidirektion zugeteilt bekamen, das wir urbar machten und auf dem wir Gemüse anbauten.

Mein Vater kümmerte sich in jener Zeit kaum darum, etwas zum Essen zu organisieren. Er spielte oft den Pascha der Familie. Stolz trug er seine Uniform und berief sich darauf, daß ein Polizist dies und jenes nicht tun darf, auch nicht in Zivilkleidung. Bevor Vater früh zum Dienst ging, pflegte er sorgfältig sein kleines Schnauzbärtchen, das er färbte und so in seinem Aussehen streng und autoritär wirkte. Anschließend begutachtete er seine Stiefel, die ich abends zu putzen hatte. Ab und zu bemängelte er meine Putzerei mit scharfen Blicken und der drohenden Bemerkung: »Wenn sie morgen nicht ordentlich geputzt sind, schlage ich sie dir so lange um die Ohren, bis sie blank sind.« So entfremdete sich mein Vater nach und nach. Oft kam er sehr spät nach Hause, die Familienzwistigkeiten nahmen zu. Gute Laune hatte er lediglich dann, wenn ich abends mit unserer Milchkanne für ihn Bier geholt hatte und wir ihm alle seine Ruhe ließen. Mein Gang zum Bierholen in die Kneipe war nicht leicht, da sich oft auf dem Hof die größeren Jungs der Straße versammelten, die mir die Kanne einmal weggenommen hatten und einige Schlucke tranken. Mein Vater prüfte immer den Inhalt, denn die Kanne faßte genau drei Liter. Er merkte sofort, daß etwas fehlte. Dank meiner Oma und meines Opas, der auf einen Teil verzichtete, entging ich nur knapp einer Tracht Prügel, denn Vater glaubte mir nicht und dachte, ich hätte davon getrunken. Damals wollte er mich als Säufer bezeichnen, wenige Jahre später wurde er selbst Alkoholabhängig.

Da sich bei meinen Großeltern eine Tochter, die als Flakhelferin im Krieg war, gemeldet hatte und die Streitigkeiten in unserer Wohnung zunahmen, entschlossen sie sich dazu auszuziehen. Ich bedauerte dies sehr, da sie meiner Mutter und uns Kindern oft beistanden, wenn uns Unrecht geschah. Besonders mein drei Jahre jüngerer Bruder vermißte die Hilfe und den Beistand unserer Großeltern, denn er war ein richtiger Junge, der oft Streiche spielte und ab und zu meinen Eltern Ärger bereitete. Mal war es eine Fensterscheibe, die er eingeschmissen hatte, mal gab es Ärger in der Schule. Im Aussehen und wahrscheinlich auch im Charakter ging er nach meinem Vater, aber das hatte dieser wohl vergessen, wenn er ihn manchmal wegen Kleinigkeiten schlug, die für ein Kind normal sind. Ich glaube, es war manchmal nur ein Abreagieren von Ärger oder Unzufriedenheit. Ich ging dann immer aus dem Zimmer, denn ich konnte mir das nicht mit ansehen, wenn Manfred unter dem Tisch lag und hilfesuchend schrie: »Papa, ich bin schon tot!« Mein Vater antwortete dann immer: »Noch lange nicht!« und schlug weiter mit seinem Koppel zu. Manfred blieb aber trotzdem immer das Lieblingskind, denn er war nun mal der Kleine und aller Ärger war bald vergessen. Ihm oblagen auch die häuslichen Pflichten nicht so. Er hielt sich fern, wenn Aufgaben zu erledigen waren, die ihm dann auch meistens gar nicht erst aufgetragen wurden.

Die Großeltern zogen in eine kleine Zweizimmerwohnung zur Untermiete. Mein Großvater hatte Arbeit als Pförtner und meine Tante eine Arbeitsstelle bei der Polizei bekommen. Meine Großmutter kam von Zeit zu Zeit zu uns, um unseren kleinen Wolfgang zu versorgen, wenn ich mit meiner Mutter unterwegs war. Er wuchs heran und war ein niedlicher, aufgeweckter Junge. Gern und oft, soweit ich Gelegenheit hatte, war ich bei ihm, und die ersten Worte, die er sprach, waren Mama, Papa und Ei ja. Mit diesem Wort hatte es eine besondere Bewandtnis, ich hatte ihm oft beim Streicheln dieses Wort gesagt, und so hatte er mir diesen Namen gegeben, mit dem er mich bis zu seinem frühen Tod rief.

In den Wäldern wurden die Heidelbeeren reif. An einem frühen Morgen wurde ich beizeiten geweckt. Es war noch fast Nacht, als wir uns mit anderen Leuten trafen, um zum Bahnhof zu laufen. Viele Leute hatten sich mit Eimern und Rucksäcken ausgerüstet und stiegen in einen Personenzug, der uns nach kurzer Fahrt in die Nähe großer Wälder brachte. Der Morgen graute, als wir in großer Schar in den Wald liefen und uns nach und nach in verschiedene Richtungen verteilten. Mittags wurde Pause gemacht, jeder bekam eine Scheibe Brot und ein paar Schluck Malzkaffee aus der Flasche. Gegen Abend sammelte sich langsam wieder alles am Bahnhof zur Heimfahrt. Wir waren stolz, wenn unser Eimer gefüllt war. Abends fiel ich dann vollkommen müde ins Bett und schlief sofort ein.

Im Herbst, wenn die Buchenbäume ihre Früchte abgeworfen hatten, ging ich bei schönem Wetter nachmittags mit meinem Bruder Bucheckern sammeln. Für eine gewisse Menge konnte man im Tausch Öl erhalten, so daß wir dann unsere Kartoffelpuffer in der Pfanne backen konnten und nicht wie sonst auf der Herdplatte. Einen Teil knackten wir aus, hackten alles klein und verwendeten es für einen Nußkuchen.

Draußen wurde es kälter, die Heizperiode begann. Mein Vater hatte eine Heizneuerung besorgt: Ein Sägespänofen stand nun bei uns im Wohnzimmer. Das Ganze sah aus wie die Behälter auf den von Holzvergasern angetriebenen Autos. Sie hatten einen Durchmesser von fünfzig Zentimeter und eine Höhe von einem Meter. Mir oblag es, die im Wechsel eingesetzten Behälter bis abends mit Sägespänen zu stopfen. Ich stand dabei große Ängste aus, denn man mußte aufpassen, daß beim Herausziehen des Mittelholzes und während der Feuerung alles so fest eingestampft war, daß nicht alles zusammenfiel, sonst wäre die Gefahr einer Explosion groß gewesen. Immer wieder hörte man von schlimmer Unfällen mit solchen Öfen.

Wieder ging Weihnachten vorbei. Als Geschenk

bekam ich für meine bevorstehende Kommunion im Mai ein paar schwarze Schuhe und einen dunklen Anzug. Meine Mutter hatte ihn irgendwo gebraucht erworben und auf meine Größe ändern lassen. Bis auf die zahlreichen Mottenlöcher, die wir feststellten, war er noch gut erhalten. Wir gingen damit zu einer älteren Frau, die sich Kunststopferin nannte, sie brachte die kleinen Mängel so gut in Ordnung, daß man nichts mehr davon sah.

Mein Vater kam immer öfter spät nach Hause. Ich war oft schon schlafen gegangen, wurde aber von den nächtlichen Auseinandersetzungen der Eltern geweckt. Von Zuneigung und Liebe war in unserer Familie immer weniger zu spüren. Jeder ging Tag für Tag seinen Pflichten nach, im Haus herrschte eine Atmosphäre der Herzlosigkeit, die weh tat. Ich beschäftigte mich in dieser Zeit viel mit meinem kleinen Bruder, der wenig Aufmerksamkeit und Liebe erhielt. Der andere Bruder bekam zu seinem Glück noch nicht so viel davon mit. Dann kam der Tag Kommunion. Es war ein Maitag, auf den ich mich lange schon gefreut hatte. Eines unserer letzten Kaninchen wurde geschlachtet und sogar Kuchen wurde gebacken. Es sollte nach langer Zeit wieder einmal einen richtigen Festtag für uns geben. Ich zog meinen Anzug an und fühlte mich so fein wie schon lange nicht mehr. Hatte ich doch seit der Flucht nur geschenkte oder abgetragene Kleidung bekommen, denen man schon von weiten ansah, daß sie für meine Statur nicht gedacht waren. Ich fand an diesem Tag so etwas wie ein Stück Selbstwertgefühl wieder.

Zu meiner Kommunion

Die Feier in der Kirche war festlich, und wie so oft bei solchen Anlässen konnte ich ein paar Tränen der Ergriffenheit nicht unterdrücken, denn diesmal unterschied ich mich äußerlich nicht mehr von den anderen Kindern. Nach dem Mittagessen bereitete meine Mutter den Kaffeetisch vor. Meine Großeltern waren mit meiner Tante gekommen, dazu eine ältere Frau von der Kirche. Mein Vater war nicht mit in die Kirche gegangen und zeigte sich an allem uninteressiert. Er hatte aus politischen Gründen mit den Kirche gebrochen und saß den ganzen Nachmittag wortlos und unbeteiligt vor dem Aquarium. Seine Gedanken waren offensichtlich woanders. Die Gäste bemerkten die gespannte Atmosphäre und gingen beizeiten nach dem Kaffeetrinken nach Hause. Damit war die Feier aufgehoben. Viel zu zeitig ging ich in mein Bett und schlief enttäuscht und traurig ein.

Meine Mutter erfuhr, daß mein Vater eine Geliebte hatte. Ich mußte nun oft abends lange in einer Straße aufpassen und beobachten, wann und in welches Haus er geht. Ich habe abends immer gebetet, daß meine Eltern wieder zueinander finden, doch es sollte noch schlimmer kommen. Eines Tages kam er wieder sehr spät, meine Mutter wartete wie so oft in letzter Zeit auf ihn. An diesem Abend war ich zum Glück auch noch nicht eingeschlafen, als ich hörte, wie er nach Hause kam. Ich lauschte gespannt, fast ohne zu atmen, der Auseinandersetzung, die sich an Heftigkeit und Lautstärke immer mehr steigerte. Ich höre heute noch den Aufschrei meiner Mutter in dieser Nacht, als sie sagte, daß sie jetzt Schluß mit dem Leben mache und sich die Pulsadern durchtrennen wollte. Mit großem Lärm schloß sie sich ins Bad ein. Ich sprang sofort aus dem Bett und rannte zur Tür. Mit den Fingerspitzen zog ich mich immer wieder am kleinen Rand der Glasscheibe in der Tür hoch, um hineinzuschauen, doch die Milchglasscheibe ließ nur einen schwachen Durchblick zu. Ich schrie wie in größter Lebensnot und bettelte, daß sie mir doch öffnen sollte, bis auf einmal mein Vater kam, der teilnahmslos im Wohnzimmer gesessen hatte, und die Scheibe einschlug.

Ein paar Tage danach unternahm meine Mutter noch einmal einen Selbstmordversuch mit Gas. Ich hatte Glück, daß ich von der Schule schnell nach Hause gegangen war und gleich Hilfe holen konnte. Eine Zeit mit wenig Schlaf und schlechter Konzentration in der Schule begann. Meine Mutter kam manchmal zu mir ins Bett, weil Vater sie schlug. Sie suchte bei mir Schutz, dabei wünschte ich mir selbst so oft, beschützt zu werden.

Unser Hund hatte Junge bekommen. Eines Tages mußte ich mit einem Welpen zu einem Tierarzt, um die Wolfskrallen abschneiden zu lassen. Nach der Behandlung verband der Arzt die blutenden Pfoten und steckte den Hund in einen Karton, den er auf mein Fahrrad band. Mit einer Selbstverständlichkeit, die mich fast schockte, sagte er, daß ich nach Hause fahren soll und das Rad später wiederbringen möchte. Ich schämte mich, ihm als Junge von zwölf Jahren sagen zu müssen, daß ich nicht fahren kann. Ich hatte noch nie ein Fahrrad besessen und nicht einmal daran gedacht, jemals einen solchen Luxus zu besitzen. So schob ich erst einmal das Rad an eine kleine Mauer, setzte mich drauf und kam ins Rollen. An einer Straßenkreuzung mußte ich aber dann anhalten, und das ging schief. Schon lag ich samt Hund mit dem Rad auf der Straße. Die Rückfahrt klappte dann aber schon ganz gut, und so hatte ich das Radfahren gelernt. Ein Jahr später bekam ich zum Geburtstag ein gebrauchtes Fahrrad geschenkt. Durch ein Radrennen mit Gebrauchträdern kam ich ein paar Jahre später zum aktiven Radsport.

In der Schule ging ich inzwischen in die sechste Klasse, mein Bruder in die Dritte. Es war Sommer geworden. Wie alle Kinder freuten wir uns auf die bevorstehenden Ferien. Ich ging mit meinem Bruder in die Ferienspiele. Wir mußten uns jeden Morgen mit einer Decke an einer Ausflugsgaststätte einfinden, die sich am Ende der Stadt am Waldrand befand. Mittags gab es eine Suppe, den Tag über spielten wir im Wald. Gegen Abend gingen wir dann wieder nach Hause. Eine Woche verbrachte ich in einem Dorf in der Nähe unserer Stadt. Meine Eltern hatten mit einem Bauern vereinbart, daß ich bei der Heuernte helfe. Ich mußte dann bei glühender Hitze auf einer endlos erscheinenden Wiese Heu wenden. Dafür bekam ich eine Woche freie Unterkunft und gutes und reichliches Essen. Das war für diese Zeit schon eine gute Entlohnung.

Im Herbst, die Ernte war eingefahren und in den Dörfern wurde Kirmes gefeiert, fuhr meine

Mutter mit mir aufs Land. Sie nahm mich – wahrscheinlich als Anschauungsobjekt für schlechte Ernährung – mit auf die Dörfer. Wir klopften an, und sie bat dann immer mit den Worten: »Haben Sie eine Scheibe Brot für meinen Jungen?« um etwas zu essen. Manchmal gab es sogar ein Stück vom Kirmeskuchen, der, reichlich mit Rahm belegt, im Vergleich zu unserem Kuchen eine Delikatesse war. Obwohl mir beim Anblick das Wasser im Munde zusammen lief und ich manchmal gerne sofort etwas gegessen hätte, wurde dann immer alles schnell in den Rucksack gepackt, denn zu Hause wartete der Rest der Familie auf unsere Ausbeute. Alle stürzten sich dann heißhungrig über unser Mitgebrachtes her, und zum Schluß blieb für uns beide fast nichts mehr übrig, nur müde Füße von einem weiten und auch gefährlichen Marsch. Wir mußten nämlich einige Kilometer von der Stadt bis in das erste Dorf laufen. Die Straße führte mitten durch ein russisches Militärgebiet. Ich traute mich nicht, nach rechts oder links zu schauen, überall sah man die russischen Soldaten. Erst wenn wir die Gegend hinter uns hatten, atmeten wir erleichtert auf und verlangsamten das Tempo. Man hörte nämlich allerhand, was dort passiert sein sollte.

1949 nannte sich das Land nicht mehr sowjetische Besatzungszone, die Deutsche Demokratische Republik war gegründet worden. Mein kleinster Bruder hatte inzwischen das Kindergartenalter erreicht, und da meine Mutter ein Arbeitsverhältnis als Bürokraft in einem Baubetrieb aufgenommen hatte, mußte er auch sofort in den Kindergarten.

Ich ging nun jeden Morgen mit ihm aus den Haus. Der Kindergarten befand sich im Keller des Seitenflügels meiner Schule. Er hatte wohl eine Vorahnung und mußte gefühlt haben, daß der Kindergarten der Ort ist, an dem ihm das Leben genommen wird, denn der Weg war jeden Tag eine Qual für ihn. Wortlos ging er an meiner Hand, der Abschied war immer schwer für uns beide. So passierte es öfter, daß sich kurz nach Beginn des Unterrichts langsam die Klassentür öffnete und mein Bruder weinend in der Tür stand. Meine Lehrer kannten das mittlerweile und hatten Verständnis dafür, wenn ich dann immer noch einmal den Unterricht verließ. Mittags nach der Schule ging es dann immer schnellstens nach Hause, denn nach den Schulaufgaben mußten die häuslichen Arbeiten erledigt werden, wie Einkaufen und Abendessen vorbereiten. Am späten Nachmittag holte ich meinen Bruder vom Kindergarten ab. Von weiten sah ich ihn immer schon, unbeteiligt am Spiel, Umschau haltend auf dem Hof stehen, denn er wartete immer sehnsüchtig auf diesen Moment. Die Freude war groß und die Begrüßung so, als hätten wir uns lange nicht gesehen. Ich wurde immer mehr seine Bezugsperson, da meine Mutter durch ihr Arbeitsverhältnis wenig Zeit für ihn hatte und sich ihm wenig widmete.

Am Wochenende hatte mein Vater mitunter Dienst. Ich hatte ihm dann das Mittagessen zur Dienststelle zu bringen. An einem Sonntag mußte er wohl besonders gute Laune gehabt haben, denn gab er mir Geld, damit ich mit meinen Bruder ins Kino gehen könne. So besuchten wir an diesem Sonntagnachmittag die Kindervorstellung jenes kleinen Kinos der Stadt, daß sich Alhambra nannte, ob seiner Größe jedoch von allen nur Flohkiste genannt wurde. Der Eintritt kostete auf allen Plätzen fünfundzwanzig Pfennige, der Film hieß ›Das Zauberkorn‹. Da wir das erste Mal im Kino waren, kannten wir die Gepflogenheiten nicht und nahmen einen Platz in der ersten Reihe ein. Unter den Kindern wurden diese Plätze ›Rasiersitze‹ genannt, aber das Erlebnis wurde trotz der anschließenden Genickstarre nicht getrübt. Spaß machten in dem Kino aber nicht nur die Filme, sondern auch die Zwischenfälle während des Filmes, auf die die Kinder immer schon warteten. Der Eigentümer des Kinos, ein älterer Herr, spielte hinter uns in einem kleinen Vorführraum, aus dem man das Rattern der Filmprojektoren hörte, den Film ab, der laufend riß, noch dazu meist an den spannendsten Stellen. Dann entstand unter uns Kindern ein riesiges Pfeifkonzert und ein lautes Geschrei, worauf der Mann aus der kleinen Öffnung in den Zuschauerraum antwortete: »Ruhe, sonst ist gleich Schluß!« Oft dauerte die Unterbrechung des Filmes länger, dann ging erst mal wieder das Licht an. Manche Kinder mußten später im Dunkeln ihren Platz suchen, den sie beim Herumtollen verlassen hatten. In der Mitte des Zuschauerraumes blieben bei Regenwetter immer ein paar Plätze unbesetzt, weil es an dieser Stelle reinregnete. Aber all diese Begleiterscheinungen wurden wortlos hingenommen - sie entsprachen den damaligen Lebensverhältnissen.

Eigentlich war ich in der Schule ein ruhiger und unauffälliger Schüler, aber es gibt überall auch mal Ausnahmen. Ich weiß heute nicht mehr, was ich mit meinem Banknachbarn unbedingt zu besprechen hatte, daß ich vom Lehrer ermahnt wurde. Zu allem Pech konnte ich dann die anschließende Frage nicht beantworten und bekam eine Strafarbeit. Fünfzig mal mußte ich schreiben: »Ich darf mich während des Unterrichts nicht mit meinem Nachbarschüler unterhalten.« Ein bißchen Glück war aber dabei, denn ich brauchte nicht nachsitzen, und so ging ich mit gemischten Gefühlen nach Hause. Das Problem war, daß ich nicht wußte, worauf ich die Strafarbeit schreiben sollte, denn für so etwas ein Heft voll zu schreiben wäre sträflich und mit großem Ärger verbunden gewesen. Zum Glück waren noch nicht alle Zeitungen, wie in dieser Zeit üblich, als Toilettenpapier klein geschnitten worden, und so nahm ich mir eine Schere und schnitt die Ränder ab. Auf die schrieb ich dann meine fünfzig Sätze. Am anderen Tag ging ich unter großem Gelächter der Klasse mit den Streifen überm Arm zum Lehrer, der sich ebenfalls das Lachen nicht verkneifen konnte.

Üblich war es, wenn die Hausaufgaben nicht erledigt wurden, daß man Nachsitzen mußte. Als zusätzliche Strafe empfand ich dann, daß wir wie Sünder in die Mädchenparallelklasse geführt wurden, um die Zeit dort abzusitzen. Mischklassen, wie es heute mittlerweile selbstverständlich ist, gab

Meine Schule

es zu unserer Zeit nicht. So mußte man das eine oder andere schadenfrohe Lächeln in den Gesichtern von den Mädchen sehen, das in unserem Alter besonders peinlich war und am Ehrgefühl kratzte.

1950 war für mich die Schule zu Ende. Ich begann eine Lehre als Klempner und Installateur bei einem Privatmeister. Er hatte zwei Gesellen, war zwar sehr streng, aber gerecht. Geschont wurde ich nicht, doch es heißt ja nicht umsonst »Lehrjahre sind keine Herrenjahre«. Dieser Spruch wurde für mich auch zu Hause zum Trost, wenn ich mich beklagte, daß mir irgend etwas schwer fiel, denn meine körperliche Verfassung war nicht so wie die anderer Arbeiter. Ich erinnere mich, als ich das erste Mal mit dem Gesellen auf ein Dach steigen mußte, hatte ich furchtbare Angst und das Gefühl, daß heute mein Lebensende gekommen sei. Doch bei dem Gedanken, daß alles ein Muß ist, überwand ich den Moment und gewöhnte mich an derartige Situationen, die der Beruf mit sich brachte. Die Lehrzeit machte mir Spaß und gab mir doch ein Stück Persönlichkeitsgefühl. Ich war stolz, wenn ich nach einiger Zeit schon selber eine Reparatur ausführen, einen Schaden beheben oder etwas anfertigen konnte. Ein besonderer Moment war natürlich immer, wenn ich am Monatsende das Lehrlingsgeld erhielt. Ich bekam im ersten Lehrjahr dreiundsechzig Mark, davon durfte ich mir drei Mark behalten. Das andere Geld mußte ich meinen Eltern als Kostgeld abgeben. Manchmal bekam ich ein kleines Trinkgeld von der Kundschaft, und für eine Überstunde gab mir der Meister fünfzig Pfennige. So konnte ich mein Taschengeld aufbessern, von dem ich meist an besonderen Tagen meinen Eltern Geschenke machte.

Das erste Lehrjahr verging rasch, mein kleiner Bruder Wolfgang war vier Jahre alt geworden. Täglich ging ich nach Feierabend zum Kindergarten und holte ihn ab. Eines Tages machte er einen kranken und apathischen Eindruck. Er freute sich nicht wie sonst, ihm war alles zuviel, er wollte getragen werden. Per Huckepack lief ich mit ihm schnell nach Hause und legte ihn in sein Bett. Inzwischen kam meine Mutter von der Arbeit. Da er Fieber bekam, bestellten wir einen Arzt zum Hausbesuch. Er diagnostizierte eine Erkältung und ordnete warme Halsumschläge an. Am Wochenende hatte sich sein Gesundheitszustand so verschlechtert, daß er kaum noch sprechen konnte. Wir riefen den Arzt um Hilfe, und ich sehe noch heute seine Aufregung und Reaktion, als er meinen Bruder sah und ihn untersucht hatte. Er hatte wohl gemerkt, daß sich der Junge in Lebensgefahr befand und schrie förmlich: »Sofort ein Auto, der Junge muß sofort in ein Krankenhaus!« Wir erfuhren nun die richtige Diagnose, und die hieß: Rachendiphtherie, auch Krupp genannt. Wir hatten, anstatt zu kühlen, mit den warmen Halswickeln genau das Falsche getan und so diese Verschlechterung verursacht. Es folgten furchtbare Tage der Ungewißheit, des Wartens, des Hoffens und der täglichen Krankenhausbesuche mit vielen Tränen. Manchmal ging ich mit meiner Mutter abends noch einmal zum Krankenhaus, um wenigstens in Wolfgangs Nähe zu sein. Er lag auf einer Isolierstation, die wir nicht betreten durften, wir kannten aber das Fenster des Raumes zur Straße, und es brannte immer lange Licht, oft bis spät in die Nacht. Mir ging immer nur das eine durch den Kopf, daß er vielleicht auf mich wartet und sich fragt, warum ich ihn nicht besuchen komme. Aber vielleicht war das besser für uns beide, denn ich weiß nicht, wie ich das seelisch verkraftet hätte, ihn so leiden zu sehen und nicht helfen zu können. Eine Krankenschwester hatte meiner Mutter gesagt: »Es müssen Zeichen und Wunder geschehen, daß der Junge noch mal auf die Beine kommt.« Wahrscheinlich lag er da schon im Sterben. Ich ging an diesem Tag wortlos und weinend mit meiner Mutter vom Krankenhaus nach Hause und ahnte, daß Wolfgang uns bald verläßt.

Ich lag in diesen Tagen lange wach, die vielen Fragen ließen mich nicht einschlafen. Warum haben wir nicht das Richtige getan? Ich habe immer für ihn gebetet und bin dann dabei eingeschlafen, aber meine Gebete wurden nicht erhört. Als ich dann eines Tages am Krankenhaus vorbeiging, war sein Fenster weit geöffnet, irgendwelche Sachen hingen zum Lüften heraus. Ich lief so schnell wie nie nach Hause. Als ich meine Mutter weinend sah, begriff ich alles. Wortlos fielen wir uns in die Arme und weinten ganz lange. Sie hatte die Nachricht erhalten, daß Wolfgang gestorben ist, er war regelrecht an den Wucherungen im Hals erstickt. Ein furchtbarer Tod hatte ihn aus seinem jungen Leben gerissen. Er war kaum fünf Jahre alt geworden.

Es waren nur noch ein paar Tage bis Weihnachten. Manchmal trug jemand einen Weihnachtsbaum die Straße entlang, manche Fenster waren festlich dekoriert. Andere Kinder freuten sich auf das Weihnachtsfest und zählten die Tage bis Heiligabend, doch wir saßen lautlos bei gedrückter Stimmung weinend zusammen und gingen besonders zeitig ins Bett, um vielleicht den Kummer und das Leid zu verschlafen.

Der Beerdigungstermin war nach Weihnachten festgelegt worden. Ich verzichtete, vielleicht aus Angst, meinen Bruder noch einmal im Sarg zu sehen. Ich wollte ihn so in Erinnerung behalten, wie ich ihn kannte: immer fröhlich. So nahm ich auf meine Art Abschied von ihm. Im Frühjahr bepflanzten wir Wolfgangs Grab mit Frühlingsblumen. Auf einem Marmorkreuz stand: ›Hier ruht unser Sonnenschein Wolfgang‹, daneben war ein sitzender Engel aufgestellt, in dem ich insgeheim meinen Bruder sah. Ich ging nun fast täglich auf dem Heimweg zum Grab, stand oft lange weinend davor und unterhielt mich leise mit ihm. Dabei gingen meine Gedanken oft auf den Friedhof nach Saaz, wo ich meine Schwester hatte zurücklassen müssen. Es wäre für mich eine großer Trost und eine Befriedigung gewesen, wenn sie auch mit in diesem Grab gelegen hätte. Ich hätte dann beiden Blumen bringen können, und wir wären wenigstens auf diese Art zusammen gewesen.

Meine Mutter veränderte sich in der folgenden Zeit zusehends. Sie war wohl durch die Schicksalsschläge der vergangenen Jahre seelisch hart geworden, was wir Kinder mehr und mehr zu spüren bekamen. Manfred bekam des öfteren Schläge, manchmal aus einer Laune heraus und völlig grundlos. Fast täglich stellte sie sich die Frage: »Warum werden wir so bestraft?« Sie verlor den Glauben an Gott und sagte sich von der Kirche los. Mein Vater hatte das bereits getan. Ich sah einmal sein rotes Parteibuch. Er war, glaube ich, inzwischen ein echter Kommunist geworden, der fest an die Grundprinzipien glaubte und auch danach handelte.

Meine Eltern wechselten bald nach Wolfgangs Tod die Wohnung. Sie wollten wegziehen von dem Ort der Erinnerung, in einer neuen Umgebung Ablenkung bekommen und vielleicht noch einmal neu miteinander beginnen. Im Februar 1953 bekam meine Mutter erneut ein Kind. Es war wieder ein Junge, den wir Joachim nannten. Er sollte den Verlust von Wolfgang etwas vergessen helfen und so seine Stelle einnehmen. Meine Mutter unterbrach für einige Zeit ihr Arbeitsverhältnis. Es begannen wieder Abende, an denen wir auf unseren Vater warteten. Er entschuldigte seine beginnende Trinkerei damit, daß er seinen Schmerz über den Verlust des Kindes vergessen wollte. Daß er damit der Familie jedoch doppelten Kummer bereitete, bedachte er wohl nicht. Meine Mutter schickte mich an manchen Abenden fort, damit ich in den benachbarten Kneipen nach ihm Ausschau hielte und ihn eventuell zum Nachhausegehen bewegte. Wenn er mich entdeckte, wurde er wütend und tobte sich dann zu Hause aus. Wieder kam meine Mutter dann zu mir ins Bett, um Schutz zu suchen, denn die Auseinandersetzungen arteten in Handgreiflichkeiten aus.

Als ich ihn wieder einmal bat, mit nach Hause zu gehen, war er in einem Zustand, wo er es kaum allein geschafft hätte. Die Leute gafften. Stockbetrunken und in Uniform gab er ein so klägliches Bild ab, daß ich mich unglaublich für ihn schämte und davonlief. Ein anderes Mal war ich wieder auf der Suche nach ihm. Er entdeckte mich, ehe ich flüchten konnte. Ich mußte mich mit an seinen Tisch setzen und ein Glas Bier trinken. Ich hörte auf seinen Befehlston und wagte nicht zu widersprechen, denn ich wußte, was das für Folgen haben würde. Schließlich hatte man dem Vater zu gehorchen. Ich ging dann mit ihm angetrunken nach

Hause und kann mir noch heute die Enttäuschung meiner Mutter an diesem Abend über mich vorstellen. Ich bekam meine Strafe dafür, obwohl ich nichts dafür konnte, indem mir furchtbar übel war – das erste Glas in meinem Leben. Ich mußte mir wohl daraufhin eingebildet haben, daß ich nun ein richtiger Mann geworden wäre, denn wenig später machte ich meinen ersten Rauchversuch. Wir sahen es oft nach Kriegsende, wie Russen bei einer Zigarettenrunde zusammenstanden. Es war besonders für uns Jungs interessant zu beobachten, wie sie mit Schnelligkeit und Geschicklichkeit ihre Zigaretten anfertigten. Der bekannte Machorkatabak wurde portioniert aus der Hosentasche geholt, in ein Stück Papier der russischen Zeitung ›Prawda‹ gewickelt, die sich eigens als Zigarettenpapier eignete, mit der Zunge angefeuchtet und verklebt. Die Stärke glich einer Zigarre. Ich verwendete als Tabakersatz einen Kräutertee, den ich im Küchenbüfett gefunden hatte, und fertigte mir so eine Zigarette nach ›Russenart‹ an, die ich heimlich auf der Toilette versuchen wollte. Es war gut, daß ich diesen Platz gewählt hatte, denn die Wirkung war im wahrsten Sinne des Wortes durchschlagend. Das war in meinem Leben die erste und bis zum heutigen Tag die letzte Zigarette.

Mein Vater ging einmal im Monat zum Kegeln in einen Kegelclub. Er nahm mich immer mit zum Kegelaufstellen. Die Männer standen mit dem Bierglas da und löschten ihren Durst, den es bei solch einer sportlichen Anstrengung gibt. An mich dachten sie dabei aber nicht. Zum Schluß, oft spät am Abend, bekam ich fünf Mark als Lohn, aber dafür hatte ich dann am nächsten Tag einen ordentlichen Muskelkater in den Beinen und im Kreuz.

Wieder zog der Herbst ein, meine Lehre neigte sich dem Ende zu, die Gesellenprüfung stand mir bevor. Als Gesellenstück wollte ich eine Gießkanne anfertigen. Mein Meister hatte aber wenig Interesse, daß ich meine Lehre beende, da ich seit dem zweiten Lehrjahr eine billige Arbeitskraft war, die Gesellenarbeit verrichtete und nur einen Lehrlingslohn kostete. Ich mußte mir also selber irgendwie das Material für mein Gesellenstück besorgen. Dazu suchte ich mir aus alten Zinkdachrinnen brauchbare Stücke Blech heraus, polierte das Ganze auf und bestand meine Gesellenprüfung. Mit dieser Gießkanne ging ich dann viele Jahre das Grab meines Bruders gießen.

Mittlerweile war ich meinen Kindersachen entwachsen und wurde von Zeit zu Zeit mit geänderten Anziehsachen meines Vaters eingekleidet. So ging ich eines Tages stolz aus dem Haus zu einer Feier. Ich trug eine gekürzte Polizeihose und ein Polizeihemd, das zwar viel zu groß war, aber unter einer Jacke nicht auffiel. Als Krönung hatte ich dazu meine neuen Schuhe angezogen, die wir auf Bezugsschein erhalten hatten. Es waren Schuhe aus stahlblauem Leinenstoff, die Kappen, Spitzen und Schnürleisten sahen aus wie schwarzes Lackleder. Ich fühlte mich super gekleidet, doch ich sollte bald eine Enttäuschung erleben. Wie sich nach dem einsetzenden Regenguß bald zeigte, bestanden die Schuhe nicht aus Lackleder sondern nur aus gespritzter Pappe. Ich merkte auf einmal, daß ich an den Füßen ein eigenartiges leichtes Gefühl bekam und stellte mit Schrecken fest, daß sich meine neuen Schuhe langsam in ihre Einzelteile auflösten. Der Anblick war für Unbeteiligte zum Lachen, ich aber war vor Enttäuschung dem Weinen nahe. Als ich zu Hause mit den Schuhen in der Hand ankam, gab es zu allem Überfluß auch noch Vorwürfe und Krach. Mein Vater hat die Schuhe dann mit der Bemerkung weggeschmissen: »Wenigstens sind die Schnürsenkel noch zu gebrauchen.«

Das bekannte Autowerk unserer Stadt war im Krieg fast völlig zerstört worden. Ehemalige Beschäftigte bauten nach und nach aus Trümmern das Werk wieder auf und begannen mit der Produktion von Handwagen. Die waren auf ihre Weise genauso bekannt wie die berühmten Autos, die einst in Eisenach gebaut worden waren, denn die großen Blechräder machten auf dem Kopfsteinpflaster solch einen Lärm, daß man schon von weitem hörte, wenn ein Handwagen aus den BMW-Werken im Anrollen war. Später begann die Motorradproduktion, und bald wurden auch wieder Autos produziert, auf denen jetzt ein anderes Firmenzeichen stand. Die Buchstaben EMW standen für Eisenacher Motorenwerk. Die Produktion wurde nach und nach erhöht, man suchte Arbeitskräfte, vorwiegend Karosserieklempner. So entschloß ich mich, da die Verdienstmöglichkeiten entsprechend der damaligen Zeit günstig waren, im Werk ein Arbeitsverhältnis aufzunehmen. Meine Eltern mußten schriftlich ihr Einverständnis geben, daß ich Nachtschicht machen durfte, weil ich noch nicht achtzehn Jahre alt war. Ich glaube, daß gaben sie auch gerne, denn sie erhielten einen großen Teil meines Lohnes als Kostgeld. Von dem Tag an, als wir einen Fernseher bekamen, mußte ich noch mehr zahlen, weil ich angeblich nun kein Kinogeld mehr brauchte.

Im Werk hatte ich nun hart am Fließband im Drei-Schicht-Turnus zu schaffen und in einer Achtundvierzig-Stunden-Woche mit kräftigen Männern mitzuhalten und die gleiche Leistungen zu bringen. Die Arbeitsverhältnisse waren auf allen Gebieten mehr als mangelhaft. Die flache Produktionshalle befand sich in der obersten Etage eines Fabrikgebäudes, direkt unter einem Teerdach. In den Sommermonaten zeigte das Thermometer eine Raumtemperatur von vierzig Grad. Ein paar Ventilatoren und die geöffneten Fenster brachten kaum Frischluft in die Halle, in der viele Menschen arbeiteten. Körperlicher Einsatz, Muskelkraft ersetzte die fehlende Hebetechnik. Der Lärmpegel lag bei Messungen stets über dem Grenzwert der Gesundheitsbehörde, weshalb ein Lohnzuschlag gezahlt wurde. Schweißnähte wurden abgeschliffen und mit einer Zinnbleilegierung verschwemmt, die beim nochmaligen Abschleifen dann mit eingeatmet wurde. Die benötigten Werkzeuge fehlten oft oder waren nach kurzem Gebrauch nutzlos. Am Ende der Schicht war man durchgeschwitzt, schmutzig von den oft schon angerosteten Blechen und froh, wieder eine Schicht unter diesen Bedingungen geschafft zu haben.

Am Fließband

Der Alltag war durch das Dreischichtsystem sehr eintönig. Häusliche Arbeiten bestanden meist darin, einen Teil der Arbeit meines Vaters zu übernehmen wie z.B. Holzhacken. Von Zeit zu Zeit fuhr ich mit meiner Mutter, wenn die Schicht es erlaubte, zum Kokslesen in das städtische Gaswerk. An bestimmten Tagen durfte man aus einem großen Schlackeberg die nicht verbrannten Koksstücken rauslesen. Manchmal warteten wir, bis die Arbeiter die heiße Glut auf die Halde schütteten, und kaum daß sie abgelöscht war, rannten alle Leute in eine große dampfende Staubwolke, denn dann war die Ausbeute von brauchbarem Brennmaterial am ergiebigsten. Auf der Heimfahrt sahen wir aus wie Essenkehrer, aber dennoch waren wir froh, wenn wir ein oder zwei Säcke Koks mit dem Handwagen nach Hause fahren konnten. Vermischt mit der Braunkohle, die eher eine Qualität von Mutterboden hatte, ergab das einen einigermaßen brauchbaren Brennstoff.

Nach und nach wurde das Leben der Menschen im Land lebenswerter. Während in der Nachkriegszeit, die von Angst, Armut, Sorgen und Hunger geprägt war, oft nur der Gedanke an das Nötigste für den Lebensunterhalt bestimmend war, dachte man nun wieder daran, auf verschiedene Art und Weise Abstand und Ausgleich vom Alltag und der Vergangenheit zu schaffen. Ich hatte mir als 14jähriger aus zusammengesammelten Teilen ein Fahrrad gebaut. Ich war damals stolz auf mein Gefährt, denn zu dieser Zeit war es etwas Besonderes für einen Jungen, ein Fahrrad zu besitzen.

Mein erstes Rennrad

Als eines Tages in unserer Stadt zu einem Radrennen aufgerufen wurde, beteiligte ich mich und belegte in meiner Altersklasse einen vorderen Platz. Die Veranstaltung nannte sich damals ›Erster Versuch‹. Ich hatte dabei Gefallen gefunden und meldete mich bei der Sportvereinigung *Lokomotive Eisenach* an. So begann für mich 1953 meine aktive Zeit beim Radrennsport. Gerade die Ausübung dieser Sportart war aber mit vielen Schwierigkeiten verbunden, da sie materialabhängig war. Ein glücklicher Umstand kam uns damals zu Hilfe. Da die Grenze zwischen Ost- und Westdeutschland noch durchlässig war, besorgten wir uns verschiedene Kleinigkeiten, die wir nicht selber basteln konnten, für eine Bezahlung zum Wechselkurs in Westberlin. Unsre Einkaufsstätte nannten wir scherzhaft *HO Gesundbrunnen.* Wir opferten damals für die Liebe zu unserem Sport viel von unserem geringen und schwer verdienten Lohn. Jedes Teil war eine Rarität. Vom einfachen Lenkerband bis zur Trinkflasche fehlte es an allem, das auf diese oder jene Art besorgt werden mußte. Ein Sportfreund ließ im Dämmerwerk die Teile für Felgenbremsen gießen, der Rest wurde zusammengebastelt, was natürlich oft Pannen verursachte. Eine Luftpumpe gehörte damals unbedingt zur Ausrüstung eines Rennrades, denn bei den zahlreichen Reifenpannen mußte stets ein Ersatzreifen mitgeführt werden. Ich erlebte einmal einen Massensturz, ausgelöst durch einen Fahrer, der seine Trinkflasche verloren hatte und aus Besorgnis um diese Kostbarkeit eine Vollbremsung machte.

Radfreunde

Der Radrennsport wurde ausschließlich in der Freizeit ausgeübt. Einmal fuhr ich sogar nach einer Nachtschicht mit dem Rad nach Gotha und nahm an einem Rennen teil. Die Zugfahrten zu den Rennen bezahlte die Sektion, da der Träger unserer Sportvereinigung die Bahn war. Die Siegerpreise entsprachen den damaligen Verhältnisse, meistens gab es nur Urkunden. Ich hatte einmal Glück und konnte bei einem Rennen eine Spurtprämie gewinnen, die aus einem Pfund Speck und zehn Eiern bestand. Bei einem Ausscheid von Sportlern der Lokomotivsportgemeinschaften bekam ich für einen 9. Platz eine Kunststofftasche und der Fahrer hinter mir eine Badehose. Untergebracht waren wir meistens in Schulen oder privat. Die Trinkflasche wurde mit kaltem Tee oder Haferschleim gefüllt. Zwischen den Renntagen am Wochenende trafen wir uns in der Woche einmal zum Training. Kurioserweise erlaubte es zu dieser Zeit der wenige Betrieb auf der Autobahn, daß wir dort fuhren und Sprints übten. Im Winter übten wir auf selbst gebauten Rollen im Sportbüro und Versammlungsraum. Eine große Bereicherung war für mich dann der Tag, an dem ich durch den Sportverein bevorzugt über die damalige ›Spowa‹ ein Sportrad ›Favorit‹ kaufen konnte.

Der Radrennsport war für mich nicht nur sportliche Betätigung, er war für mich auch sinnvoller Ausgleich zum Alltag, zumal ich in einer richtigen Sportfamilie war, in der ehrliche Freundschaft, gegenseitiges Verständnis und gegenseitige Hilfe in jeder Situation zur Selbstverständlichkeit gehör-

Meine Frau und ich in Leipzig

ten. Zudem lernte ich durch diesen Sport viele Städte und Menschen kennen, auch meine Frau, von der ich zum ersten Mal in meinem Leben erfuhr, was Liebe und Geborgenheit ist.

Leben in der DDR

Meine politische Weltanschauung wurde zusehends sowohl durch meinen Vater als auch durch die im Betrieb agierenden Vertreter des Staates beeinflußt. Heute weiß ich, daß die politische Betätigung mancher Leute im Land nicht allein dem Frieden diente, sondern daß sie sich für die Unterdrückung von Menschen und für die Erhaltung eines Unrechtssystems mißbrauchen ließen. 1958 wurde ich bei einer der von Zeit zu Zeit stattfindenden Werbeaktion überredet, der Partei beizutreten. Immer wieder wurde mir bei den laufenden Werbegesprächen das Argument, etwas für die Erhaltung des Friedens zu tun, nahe gelegt. Und da ich am eigenem Leib die Folgen und Auswirkungen eines Krieges zu spüren bekommen hatte, war dieses Argument für mich ausschlaggebend. Ich dachte, daß es gut ist der Partei beizutreten. Außerdem wurde mir zugetragen, daß einige Arbeiter demnächst in eine mechanische Abteilung versetzt werden sollten, weil dort wegen der noch schlechteren Arbeits- und Lohnbedingungen keine Arbeitskräfte zu bekommen waren. Ich verstand diesen Hinweis, denn ich hatte gerade erst geheiratet und brauchte jeden Pfennig, um mir mit meiner Frau ein eigenes Zuhause zu schaffen. Geheiratet haben wir dann in Leipzig. Meine Eltern konnten leider nicht zur Hochzeit kommen. Auch konnten wir nicht gleich zusammenziehen, da jeder von uns noch bei seinen Eltern in einer zu kleinen Wohnung lebte.

Inzwischen hatte ich etwas Geld gespart, meine ersten Anschaffungen für unser Heim waren ein Phonoschrank und ein Radio, das ich vorübergehend bei meinen Eltern unterstellte. Endlich bekam ich eine kleine Zweizimmer-Werkswohnung. Damit verließ ich mein Elternhaus. Die neue Wohnung befand sich in einem ehemaligem Kasernenblock. In jeder Etage hatten die Mieter in einem Raum eine für sich abgeteilte Toilette. Ich kaufte ein Schlafzimmer und eine Küche auf Kredit und richtete nach und nach die Wohnung ein. Als meine Frau dann nach Eisenach gezogen war, kauften wir uns Stück für Stück Küchengeräte und anderes. Oft war das Geld knapp, denn der Verdienst war gering zu dieser Zeit, und so berieten wir oft, was wir uns bis zum nächsten Lohnzahltag noch leisten können. Ich erinnere mich ...

Es war ein oder zwei Tage vor der Lohnzahlung, der Gasmann hatte sich im Haus zum Zählerablesen angemeldet. Wir hatten kein Geld, um die Gasrechnung zu bezahlen. Als er bei uns klingelte, wagten wir kaum zu atmen und blieben ruhig im Bett liegen, bis alles überstanden war. Wir gingen dann erst später aus dem Haus, um ihm nicht zu begegnen. Ein anderes Mal standen wir lange vor dem Schaufenster eines kleinen Möbelgeschäftes der Stadt und berieten fast eine halbe Stunde lang, ob wir uns den ausgestellten Blumenhocker, der siebzehn Mark kostete und uns doch so sehr gefiel, kaufen können oder nicht.

Den Tag, an dem ich meinen Phonoschrank und das Radio aus der Wohnung der Eltern holen wollte, hatte ich lange hinausgeschoben, weil ich ahnte, wie das ausginge, war ich doch buchstäblich mit dem, was ich auf dem Leib trug, und mit einem klumpigen Federbett von meinen Eltern ins Leben geschickt worden. Das Federbett hatte ich von einer Tante aus Berlin bekommen, mir unter Gelächter auf den Rücken geschnürt und vom Berlinbesuch anläßlich der Weltfestspiele der Jugend mitgebracht. Meine Mutter hatte es damals heimlich gegen ihr schlechteres umgetauscht. Als ich dann also kam, mir mein schwer erarbeitetes Eigentum zu holen, warf sie mir vor, daß ich ihr die Wohnung ausräumen würde.

Wir wünschten uns ein Kind und zogen deshalb in eine größere Wohnung. Zur Niederkunft mußte meine Frau in die Klinik und brachte eines Nachts unter großen Schmerzen und lebensbedrohlichen Gefahren durch Zangengeburt einen Sohn zur Welt, der aber tot geboren wurde. Als ich dann das erste Mal meine Frau in ihrem Zimmer besuchen durfte, lagen wir uns lange wortlos in den Armen und weinten über unseren Schmerz. Ich ging zu meinen Eltern, um Trost zu erfahren, doch ich hätte mir denken können, daß ich von ihnen nichts zu erwarten hatte. Meine Mutter hatte nur ein paar Worte, die ihre Kaltherzigkeit ausdrückten. Sie sagte zu mir, ohne ihre Küchenarbeit zu unterbrechen: »Wer weiß, für was das gut ist!« So hatte ich wieder einmal, wie so oft in meinem bisherigem Leben, meinen Schmerz allein zu tragen.

In den darauf folgenden Tagen versuchte ich mich mit Arbeit abzulenken. Ich tüftelte an Arbeitsverbesserungen und beteiligte mich an einem Aufruf der Direktion, Vorschläge zur Qualitätsverbesserung und Arbeitserleichterung einzureichen. Ich ging aus diesem Aufruf, der sich ›Neuererwettbewerb‹ nannte, als bester Jugendlicher hervor und bekam als Anerkennung eine Reise nach Kuba. Mehrmals wurde ich dann in den nachfolgenden Jahren als bester Qualitätsarbeiter mit der Auszeichnung ›Goldener Wartburg‹ geehrt.

Als meine Frau aus der Klinik entlassen worden war, weinte sie viel. Immer, wenn wir junge Leute mit Kinderwagen sahen, überkam uns eine große Traurigkeit und die Erinnerung an unser Kind, das wir uns so sehr gewünscht hatten, auf das wir uns schon gefreut hatten.

Meine Frau nahm ein Arbeitsverhältnis bei einer kleinen Firma auf, die Taschen und Geldbörsen herstellte. So gewann auch sie nach und nach Abstand zu unserem Verlust. Mir wurde eine Arbeitsstelle in der Personalabteilung angeboten, die sich zu DDR-Zeiten Kaderabteilung nannte. Ich lehnte ab und bin heute froh darüber, daß ich nie Mitarbeiter in einer solchen Abteilung geworden bin, denn von dort aus wurden sämtliche Aktivitäten und die Einstellungen der Arbeitenden gegenüber dem Staat überwacht und durchleuchtet. Auch wollte ich meinem Grundsatz treu bleiben und durch meinen Eintritt in die Partei nie Nutzen oder Privilegien erzielen. So arbeitete ich die gesamten zweiundzwanzig Jahre im Betrieb am Fließband zu gleichen Bedingungen wie alle anderen Kollegen.

In der Produktion

Nach und nach stellte die Partei an mich Forderungen, woraus sich für mich erste Gewissenskonflikte und Widersprüche ergaben. In vielen Aussprachen wurde ich gedrängt, daß meine Frau auch aus der Kirche austreten sollte, nachdem man mich dazu gedrängt hatte. Ich lehnte das aber immer wieder strikt ab und sagte: »Der eine glaubt an Gott und der an andere an Marx und Engels«, worauf ich nie ein Gegenargument bekam. Es dauerte lange, bis sich in dieser Hinsicht wieder Ruhe einstellte.

Immer mehr Menschen hatten in den letzten Jahren aus Unzufriedenheit die DDR verlassen und siedelten nach Westdeutschland über. Das Volk stimmte über seine Machthaber mit den Füßen ab und verließ ein Land, in dem immer mehr auf die Privatsphäre Einfluß genommen wurde und die Menschenwürde immer weniger Beachtung fand. Scherzhaft fragte man mit vorgehaltener Hand: »Wer macht denn als Letzter das Licht aus?« Und so sorgte an jenem Morgen im August 1961 in den Morgennachrichten eine Meldung für weltweite Aufregung: Die DDR-Regierung hatte in Berlin eine Mauer errichten lassen. Mir gingen tausend Gedanken durch den Kopf. Ich hatte mir nie Gedanken über die Teilung Berlins gemacht, denn die Grenze war durchlässig und bestand für viele Menschen, die sich täglich unbehindert in ganz Berlin bewegten, nur auf dem Papier. Der nette Verkäufer vom Fahrradladen in Westberlin, der auch meine Sprache sprach und der manchmal den Preis senkte, sollte nun plötzlich ein Klassenfeind oder

Kriegstreiber sein? Nein, damit wurde ich nicht fertig, das verstand ich nicht. Wir gingen im Westen in ein Kino, wo für die Ostzonenbewohner zum Eintrittspreis von fünfzig Pfennig einen Film lief, an dem wir Freude hatten, den Alltag vergaßen und Politik und Grenze Nebensache war.

Ich erinnere mich oft an einen Tag. Ich saß mit meiner Frau, die sich zu einem Meisterlehrgang in Berlin aufhielten, auf einer Bank in Westberlin, wir aßen eine Banane. Einer von uns beiden fragte: »Wollen wir hier sitzen bleiben?« Wir waren beide still, es gab keine Antwort auf diese Frage, denn wir wußten genau, was das für Folgen mit sich gebracht hätte. Mein Vater wäre sofort als Polizist entlassen worden, der Vater meiner Frau hätte ebenfalls seine Arbeitsstelle als Lokführer verloren. Von dem Text der DDR-Nationalhymne blieb nun nur wenig Wahrheit übrig: ›Laßt uns Dir zum Guten dienen, Deutschland einig Vaterland.‹ Dieses Ziel war in weite Ferne gerückt und blieb lange Jahre für viele Menschen ein Wunschtraum.

Wir schrieben das Jahr 1963. Meine Großeltern waren inzwischen beide verstorben, meine Tante, die beim Betriebsschutz im Autowerk arbeitete, zog in eine kleine Wohnung in der Innenstadt. Meine Frau arbeitete an den Wochenenden und Feiertagen nebenbei zusätzlich abends als Kellnerin in einem Clubhaus, denn wir sparten für den Kauf eines Autos. Das Kellnern und ihre Arbeit mußte sie aber bald unterbrechen, weil wir wieder ein Kind erwarteten. Tage voller Angst und Hoffnung waren auszustehen, ob dieses Mal alles gut geht. Wir hatten Glück, meine Frau brachte ein blondes Mädchen zur Welt, das wir Sylvia nannten. Sie wuchs heran, doch nach einiger Zeit stellten sich Gesundheitsprobleme ein, die uns schlaflose Nächte bereiteten. Sie bekam Neurodermitis, Nachts lösten wir uns einander ab, um sie vom Juckreiz abzulenken. Ich ging manche Tage früh zur Schicht, ohne geschlafen zu haben. Großen Kummer bereitete uns dann eines Tages die Fehldiagnose einer Ärztin. Sylvia lernte verhältnismäßig spät das Laufen. Daraufhin teilte uns die Ärztin eines Tages nach einer Untersuchung mit, daß unser Kind wegen unausgebildeter Hüftschalen nie laufen würde. Wir waren am Boden zerstört, doch zum Glück kam dieses Unglück nie über uns. Heute hat Sylvia bereits selbst zwei Kinder und läuft mit ihrem Hund fast täglich einige Kilometer durch Wald und Flur.

Die Partei übte immer mehr Druck und Einfluß in den Betrieben aus, um ihre politischen Ziele zu realisieren. Mitunter hatte sie mehr Mitspracherecht und Entscheidungsgewalt als die Betriebsleitung. So entstanden oft Unzulänglichkeiten im Produktionsablauf, Materialmangel, Produktionsrückstände, die vermeidbar gewesen wären. Dementsprechend niedrig war dann auch die Bereitschaft der Mitarbeiter, an den Wochenenden in Sonderschichten zu arbeiten. Die Bauern hatten sich inzwischen zu Produktionsgenossenschaften zusammengeschlossen, Betriebe übernahmen Patenschaften für die Produktionsgenossenschaften. Daraus ergab sich eine Reihe Arbeitseinsätze nach Feierabend oder in der Freizeit, wenn bei der Ernte mal Not am Mann war. Mitunter geschah es aber auch, daß die Produktionsarbeiter auf den Feldern zu tun hatten, während die Bauern gemeinsame Theaterbesuche unternahmen.

Eine weitere Aktion wurde von der Partei ins Leben gerufen, die Gründung der ›Brigaden der sozialistischen Arbeit‹. Leitsatz und oberstes Gebot war ›Sozialistisch arbeiten, lernen und leben!‹ Jeder Mitarbeiter mußte in der Gewerkschaft und in der Organisation ›Deutsch Sowjetische Freundschaft‹ zahlendes Mitglied sein und außerdem an gemeinsamen kulturellen Veranstaltungen teilnehmen. Regelmäßig wurden Schulungen durchgeführt. Wer diese Voraussetzung nicht nachweisen konnte, dem wurde eine Versetzung an einen anderen Arbeitsplatz nahegelegt. Bei all diesen Aktivitäten hatten natürlich in erster Linie die Mitglieder der Partei mit gutem Beispiel voranzugehen, ihre Mitarbeiter für deren Durchführung zu gewinnen und von der Notwendigkeit zu überzeugen. Dazu bekam man einen Parteiauftrag, der ohne Diskussion und Widerspruch erfüllt werden mußte. Für die Mobilisierung und Durchführung der von der Partei und Staatsführung ausgegebenen Thesen, durch die eine höhere Arbeitsproduktivität und Aktivität auf den verschiedensten Gebieten im Land erreicht werden sollte, waren in erster Linie die Parteisekretäre in den Betrieben verantwortlich. Sie reichten die Weisungen an die Parteimitglieder weiter, diese mußten mit Begeisterung ihre Kollegen von der Richtigkeit einer Sache überzeugen, an die sie selbst nicht glaubten.

Unser Trabbi

Ein Witz, der damals die Runde machte und dessen Verbreitung hart bestraft worden wäre, zeigte hintergründig und scherzhaft die wirtschaftliche Nutzlosigkeit und den Ruf eines Parteisekretärs im Betrieb:

Der Lehrer fragt in einer Schulstunde die Kinder nach den Berufen der Väter. Der erste Schüler schildert, daß sein Vater in einer Lackiererei Autoteile taucht. Ein anderer erzählt von der Arbeit seines Vaters in einem Galvanisierbetrieb, der dort Teile zum Verchromen in ein Bad taucht. Ein dritter Schüler antwortet ganz kurz und bündig: »Mein Vater ist Parteisekretär, der taucht nichts.«

Einmal im Monat wurde eine Belegschaftsversammlung durchgeführt. Die Mitarbeiter versammelten sich dazu in der Produktionshalle und hörten mit mehr oder weniger Teilnahme den Worten der Redner zu. Zum Ablauf gehörte immer eine spaßige aber, wie sich später erwies, wahrheitsgemäße Voraussage. Ein älterer Mann, der als Hilfsarbeiter für die Reinigung der Halle zuständig war, wurde als geistig nicht sehr hochstehender Mensch angesehen und von manchen belächelt. Heute könnte man ihn als Wahrsager bezeichnen, denn seine Worte waren immer der Abschluß der Versammlung. Alle warteten schon darauf, daß das Schlußwort von ihm in die versammelte Menge gerufen wurde, es hieß: »Heute rot und morgen tot!« Damit war die Versammlung beendet, alles ging mit Gelächter auseinander.

Die Trennung der beiden Teile Deutschlands wurde von Jahr zu Jahr immer krasser vollzogen. Auf wirtschaftlichem Gebiet wollte man sich unabhängig machen und möglichst alle Handelsbeziehungen abbrechen. In diesem Zusammenhang wurde eine Kampagne erfunden, die sich ›Störfreimachung‹ nannte. Gleichzeitig stellte sich die Regierung das Ziel, Westdeutschland im Pro-Kopf-Verbrauch zu überholen. Spötter ergänzten den Slogan mit einem Zusatz: »im Margarineverbrauch.«

Die Grenzbefestigungen wurden immer undurchlässiger und gefährlicher für Menschen, die das Land verlassen und dem Regime den Rücken kehren wollten. Nicht weit von unserer Stadt begann eine fünf Kilometer breite Sperrzone. Daran schloß sich ein fünfhundert Meter breiter ›Schutzstreifen‹ an, aus dem nichtlinientreue Bewohner ausgesiedelt wurden. Westdeutsche Bürger durften diese Zonen überhaupt nicht passieren, uns wurde nur bei einem wichtigen Anlaß auf Antrag hin eventuell eine Genehmigung zum Betreten erteilt. Meine Frau arbeitete damals mit einer Kollegin zusammen, die uns in die Fünf-Kilometer-Zone zur Kirmes eingeladen hatte, wir mußten aber absagen, weil wir keine Genehmigung erhielten.

Ein Volk wurde so nach und nach hinter Mauern und Stacheldraht eingesperrt, von den Wachtürmen aus beobachtet; Hunde liefen im Grenzstreifen hin und her, der zum Teil vermint war, Selbstschußanlagen garantierten bei einer Flucht den Tod. Im Fernsehen sah man Soldaten, die mit einer Waffe schußbereit am Brandenburger Tor in Berlin standen, auf der anderen Seite vielleicht ihre Brüder oder ihnen nahestehende Menschen. Beide hatten im gleichen Land ihre Heimat, sprachen die gleiche Sprache, waren Deutsche. Sie hatten sich nach dem furchtbaren Krieg geschworen, nie wieder eine Waffe in die Hand zu nehmen und wollten eigentlich in Frieden leben.

Ich hatte in dieser Zeit oft mit Widersprüchen zu kämpfen, wenn ich mir das, was ich für gut hielt, was auch früher von der Partei zum Teil unterstützt wurde, auf der einen Seite betrachtete. Auf der anderer Seite aber stand diese Organisation, der im Grunde die Achtung der Menschenwürde und ein friedliches Nebeneinander oberstes Gebot sein sollte, die aber stattdessen reglementierte und über die Menschen mit bürokratischer oder brutaler Gewalt herrschte. All die Ereignisse im August 1961, die Niederschlagung des Prager Frühlings 1968 und der 17. Juni 1953 in Leipzig, als sowjetische Panzer gegen Menschen vorgingen und deren Freiheitsdrang niederwalzten, als durch Waffengewalt Menschen unterdrückt und getötet wurden, all dies stärkte in mir den Entschluß, den ich dann mit aller Konsequenz in die Tat umsetzte. Ich konnte und wollte meine Mitarbeiter und mich nicht mehr belügen. Laufend wurde ich wegen meiner mangelhaften Initiative bei der Durchführung der Parteibeschlüsse kritisiert. Das ging schließlich so weit, daß ich finanziell gegenüber anderen Mitarbeitern benachteiligt wurde. So schrieb ich eines Tages eine Austrittserklärung an die Parteileitung des Betriebes, in der ich all meine Widersprüche und Zweifel ausdrückte. Das schlug natürlich ein wie eine Bombe. Daß sich jemand so etwas wagte! Ich glaubte damals, daß viele andere nach mir den gleichen Schritt tun würden, doch fehlte den meisten der Mut. Sie schreckten vor den eventuellen Folgen und Nachteilen zurück. Mehrmals wurde ich aufgefordert, eine Austrittserklärung zu unterschreiben, deren Gründe und Text von der Partei aufgesetzt waren, aber ich blieb meinen Prinzipien und Gründen, die mich zu diesem Schritt veranlaßt hatten, treu. Ich wurde dann ohne Einhaltung der im Statut festgelegten Rechtsvorschriften in Abwesenheit von der Mitgliederversammlung aus der Partei ausgeschlossen, denn man wollte verhindern, daß meine Meinung öffentlich würde.

Ich war nun zum Staatsfeind geworden und wurde überwacht. Scheinheilige Mitarbeiter versuchten mich zu unbedachten Worten herauszufordern und spionierten für irgendwelche Leute, denn man brauchte einen stichhaltigen Anlaß, um mir, wie es damals hieß, staatsfeindliche Tätigkeit nachzuweisen und mich so anklagen und bestrafen zu können. Wenn ich in diesen Tagen zur Arbeit ging, verabschiedete ich mich täglich bei meiner Frau so, als wenn es unsere letzte Begegnung wäre. Wir hatten uns ausgemacht, wenn ich nicht nach Hause käme, sollte sie mit unserem Kind zu ihren Eltern nach Leipzig fahren und abwarten, wie es weiter geht. Doch so weit kam es nicht, denn ich traute keinem Mensch mehr auf Arbeit – wie sich später erwies, tat ich gut daran.

Mein Schritt hatte das ohnehin schon gespannte Verhältnis zu meinem Vater noch weiter verschlechtert. Die Diskussionen und Unterhaltungen zwischen uns nahmen so an Härte und Zwiespältigkeit zu, daß wir uns immer mehr entfremdeten und unser Verhältnis die Grenze von Haß erreichte. Einmal offenbarte er mir, wenn ich nicht sein Sohn wäre, würde er mich ins Gefängnis bringen und mir alles bisher in diesem Staat Geschaffene wegnehmen lassen.

Die Jahre vergingen; wir schrieben das Jahr 1969. Unsere Tochter war herangewachsen und ging inzwischen in den Kindergarten. Wir hatten uns durch zusätzliche Arbeit nach Feierabend und eisernes Sparen einen roten Wartburg gekauft. Nach einer Zeit harter Arbeit und Ärger wollte ich mit meiner Familie einmal in den Urlaub fahren, Abstand zu dem Vergangenem gewinnen, von der Arbeit Ausspannen. Jedes Jahr wurden im Betrieb vor der Urlaubssaison an einer Anschlagtafel die Ferienplätze bekanntgegeben. Mit einer schriftlichen Bewerbung konnte man dann bei der Gewerkschaft einen Antrag auf einen Platz einreichen. Ich hatte wegen meiner politischen Vorgeschichte schlechte Voraussetzungen für einen guten Platz; Seeplätze waren kaum zu bekommen. So bewarb ich mich für einen Platz, an dem sonst kein Interesse bestand und für den sich niemand bewarb. Ich bekam tatsächlich einen Ferienscheck für einen vierzehntägigen Aufenthalt in einer Privatunterkunft.

Wir fuhren mit unserem frisch polierten Auto nach Friedrichsbrunn, einem kleinen Ort im Harz. Nach Ankunft mußten wir uns wie alle Urlauber an einer zentralen Stelle im Ort melden, um alle Informationen und die Adresse der Unterkunft zu erhalten. An einer Fernverkehrsstraße am Ortsausgang befand sich ein kleines Bauerngehöft, wo wir uns meldeten. Es war Mittagszeit, die Familie saß in der Küche am blanken Küchentisch beim Mittagessen bei über Schüssel Kartoffelsalat und einem Glas Kirschen. Ich hatte gleich an der Tür, die von der Küche aus in einen Raum führte, den großen Aufkleber ›Feriendienst der Gewerkschaft‹ entdeckt. Die Frau führte uns in den Raum, der mich sofort an unsere Unterkunft auf der Flucht in Thonhausen erinnerte. Das Fenster mit Ausblick zum Hof zeigte einen typischen Bauernhof mit allerlei Getier, was unser Kind natürlich begeisterte und für erlebnisreiche Urlaubstage sorgte, während

Unser erster Wartburg

uns manche Erlebnisse nicht gerade gefielen. Wir standen erst einmal eine Weile wortlos im Zimmer und sahen uns das Inventar an: drei Betten älteren Ursprungs, ein Schrank, drei Stühle und ein Tisch, auf dem eine Tischgarnitur mit gefüllter Wasserkanne und ein Eimer standen, der für Abwasser gedacht war. Ich testete zuerst mein Bett, indem ich mich vorsichtig reinlegte, und das war auch gut so, denn ich sackte so tief ein, daß ich fast den Fußboden berührte und Mühe hatte, wieder herauszukommen. Meine Frau saß inzwischen weinend auf einem Stuhl und fragte: »Hier sollen wir wohnen?!«

Auf dem Tisch lag das Gästebuch, in dem ich erst einmal nachschauen wollte, ob hier überhaupt schon einmal jemand gewohnt hat. Tatsächlich waren wir wohl nicht die ersten Gäste, die hier die erste Urlaubsenttäuschung erlebten. Wir entdeckten unter den Namen sogar einen Arzt aus Berlin. So wurde der Entschluß gefaßt, daß wir bleiben. Wir trösteten uns damit, daß wir hier nur die Nacht verbringen müssen und zwei Wochen schon überstehen würden. Ich hatte zum Glück im Auto immer eine Decke und eine Luftmatratze liegen, die blies ich auf legte sie in mein Bett. Somit war das erste Ärgernis fast bereinigt.

In einem großen Gebäude am anderen Ende des Ortes befand sich die Verpflegungsstelle für alle Urlauber. Die Mahlzeiten wurden in einem riesigem Saal in zwei Durchgängen ausgegeben. Da es im Ort nur Privatquartiere gab, war der Andrang natürlich dementsprechend groß. Ein Büfett, wie es heute überall selbstverständlich ist, wäre nicht möglich gewesen.

Uns wurde am ersten Tag zum Abendessen eine bestimmte Tischnummer zugewiesenen. Die Plätze mußten zu einer bestimmten Zeit eingenommen und, wie wir bald merkten, wieder verlassen sein. Nach dem Abendessen waren wir wieder in unser Quartier gefahren, mir wurde angeboten, mein Auto im Hof abzustellen, was ich bald bereuen sollte. Trotz der lautstarken Unterhaltung unserer Wirtsleute in der benachbarten Küche schliefen wir bald ein. Wir hatten unseren Wecker auf eine frühe Uhrzeit gestellt, denn wir waren für den ersten Essendurchgang eingeteilt. Das bereitgestellte Wasser für die Morgenwäsche teilten wir sorgsam ein, und das war gut so. Wenig später erlebte ich nämlich, wie es um die Wasserversorgung in unserem Quartier bestellt war. Die Toilette befand sich im Hausflur in einem kleinen Verschlag, eingebaut unter einer Treppe. Ich wurde endgültig richtig munter, nachdem ich den schrägen und niedrigen Eingang nicht beachtet hatte und außer einer Beule am Kopf einen Schrecken bekam, als ich die Wasserspülung betätigte woraufhin kein Tropfen Wasser kam. Ich stand ratlos vor meiner Hinterlassenschaft und fragte hilfesuchend nach Wasser, aber mit einer Selbstverständlichkeit sagte mir die Wirtsfrau, daß wohl wieder einmal vergessen worden war, die Wasserversorgungspumpe anzustellen. Sie versprach mir, dies zu erledigen. Ich hatte noch Glück, daß ich der Erste war, denn meine Familie mußte nun warten, bis wir außer Haus gehen konnten.

Als ich voller Zuversicht den Hof betrat, um das Auto für die Fahrt zum Frühstück auf die Straße zu fahren, bekam ich bei dem Anblick, der sich mir bot, fast einen Schock und mußte einen Aufschrei von Entsetzen und Ärger unterdrücken. Die Hühner saßen eng aneinandergerückt vorn und hinten auf der Stoßstange und hatten ihre Morgentoilette beendet. Nach einigen Startversuchen gab ich die Hoffnung auf, mit dem Auto vom Hof zu fahren, der vor lauter Enten- und Hühnerkot und den nächtlichen Regengüssen zu einer glatten Rodelfläche geworden war. Außerdem rückte die Zeit immer näher, in der wir zum Frühstück da sein mußten. So liefen wir schnell zu Fuß die Hauptstraße entlang zu unserem ersten Urlaubsfrühstück. Wir stellten fest, wenn wir nicht mit dem Auto angereist wären, hätten wir fast zur gleichen Zeit aufstehen müssen wie an einem Arbeitstag zu Hause.

Die nächsten Tage zeigte sich zum Glück oft die Sonne, wir erkundeten die idyllische Landschaft des Harzes. Unsere Tochter, sie war inzwischen eingen Urlaubern bekannt, sammelte nach dem Abendessen Wurstreste für den Hund der Wirtsleute, der immer schon am Zaun vor dem Haus auf uns und seine Mahlzeit wartete. Manche fragten bei Sylvias Rundgang von Tisch zu Tisch nach ihrem Namen und wo sie herkomme. Manchmal kam es zu Mißverständnissen, die mit Gelächter von uns ausgeräumt werden mußten, denn Sylvia wähnte unser Quartier als ihr zu Hause und sagte, daß wir Hühner, Enten, Schweine, Ziegen, ein Pferd und einen Hund hätten.

Nach ein paar Tagen hatte ich bereits den Urlauber kennengelernt, der meinen Essensplatz im zweiten Durchgang einnahm. Man kam sich immer näher – bald stand er schon hinter mir und wartete, bis ich aufstand, und zuletzt hatte er schon fast meinen Stuhl in der Hand, während ich die letzten Reste vom Teller nahm.

Eines Tages hatten die Wirtsleute in der Küche Schweinefutter gekocht. Als wir vom Mittagessen kamen, öffneten wir gleich unser Fenster, um zu lüften. Das hätte wir aber lieber nicht tun sollen, denn außer Landluft hatten wir viele kleine lästige Gäste bekommen. Weil das Wetter nicht so besonders war, legten wir uns zu einem Mittagsschlaf hin, meine Frau bedeckte sich mit einem dünnen Tuch das Gesicht, um Ruhe vor den Fliegen zu haben, die auf dem Fliegenfänger keinen Platz mehr fanden …

Nach zwei Wochen traten wir die Heimreise an, der Alltag nahm wieder seinen Lauf.

Im Autowerk, daß sich inzwischen AWE (Automobilwerk Eisenach) nannte, wurde ohne größere Veränderungen nach Jahren immer noch der PKW ›Wartburg‹ produziert. Vorrichtungen und Werkzeuge waren durch die jahrelange Produktion verbraucht. Die Hebetechnick wurde noch immer durch schwere körperliche Arbeit ersetzt, was sich bei vielen Mitarbeitern nach Jahren durch Gesundheitsschäden bemerkbar machte. Ich mußte z.B. einen Arbeitsgang am Taktband ausführen, bei dem ich eine 175 Kilogramm schwere Vorrichtung, die an einem Seilzug hing, nach Aufsetzen auf einen Montagewagen in die Senkrechte zu drücken und zu befestigen hatte. Oft war ich kurz vor Schichtende völlig erschöpft und dachte, daß ich es nicht mehr schaffe.

Die Trennung zwischen West- und Ostdeutschland wurde immer weitgehender vollzogen. Da menschliche Kontakte zum Westen zunehmend unterbunden wurden, blieb das Fernsehen die einzige Informationsquelle. Dies wurde schnell erkannt, und durch eine Kampagne sollte auch diese Verbindung zum Westen gekappt werden. So wurde beim Kauf eines Fernsehgerätes gleich der entsprechende Empfangskanal blockiert. Man ging sogar soweit, daß sich die Arbeiter öffentlich verpflichten sollten, den Westkanal ausbauen zu lassen. Das erledigten dann staatstreue Genossen. Wer auf dem Dach eine nach Westen gerichtete Fernsehantenne hatte, wurde angesprochen, und in einer Aktion gingen dann linientreue Jugendliche, die in der FDJ (Freie Deutsche Jugend) organisiert waren, auf die Dächer und montierten die Westantennen ab. In der Schule wurden die Kinder von staatstreuen Lehrern geschickt ausgefragt, ob die Fernsehuhr zu Hause Striche oder Punkte habe. Trotzdem ließen sich die Leute das Westfernsehen nicht nehmen. Pfiffig und einfallsreich wurden die Verbote umgangen. Im Betrieb bastelten wir heimlich an Antennen, die unsichtbar im Zimmer oder auf den Dachböden den Empfang ermöglichten. So wurden abends vor der Fernsehzeit erst die Empfangsanlagen im Wohnzimmer aufgestellt und alle Ecken des Raumes nach dem günstigsten Standort abgesucht. Wenn es klingelte, wurde schnell alles versteckt, denn man wußte nicht, wer erscheint. Der beste Freund oder Nachbar konnte ein Spitzel der Staatssicherheit sein.

Man wollte die Menschen überzeugen, daß alles, was vom Westen kommt, Gift für die Jugend ist. Kulturelle Veranstaltungen unterlagen einer Zensur, der Prozentsatz der gespielten Westtitel mußte eingehalten werden. Kulturelle Unternehmungen sollten möglichst von geschlossenen Arbeitskollektiven durchgeführt oder besucht werden, mit dem Ziel, auch hier eine Kontrolle über Freizeitbetätigung der Bürger auszuüben.

Bei unserer Tochter hatte sich die Neurodermitis verschlechtert, und der behandelnde Kinderarzt empfahl uns einen Seeaufenthalt. Da ich auch erholungsbedürftig war, entschlossen wir uns zu einem Urlaub am Meer. Ein Ferienplatz der Gewerkschaft an der See war kaum zu bekommen, und so gab es für uns nur eine Möglichkeit. Wir hatten lange gespart, im Reisebüro wohl auch Glück gehabt und eine Reise nach Mamaia in Rumänien bekommen. Eines Tages saßen wir nun in einer IL 62 der Interflug am Flughafen in Erfurt und waren gespannt auf all die Überraschungen, die uns die nächsten Tage wohl bringen würden. Doch die erste Überraschung ließ nicht lange auf sich warten und war wirklich mehr als spannend.

Wir hatten schon gemerkt, daß die Maschine laufend die Flughöhe wechselte und absackte. Meine Frau bekam deshalb einen Kreislaufkollaps und saß inzwischen mit einer Sauerstoffmaske neben mir. Ich war gerade eilends von der Stewardess in der Überwachung des Manometers belehrt worden, als der Bordlautsprecher einen Defekt meldete. Es herrschte Ruhe im Flugzeug, man hätte fast die sprichwörtliche Stecknadel zur Erde fallen hören können, wenn das Geräusch der Maschine nicht alles übertönt hätte. Alle schauten sich mit ungewissen Blicken an, selbst die Gesichter der Stewardessen strahlten nicht gerade Fröhlichkeit und Zuversicht aus. Die Maschine drehte über Ungarn ab, und nach banger Flugzeit landeten wir in Berlin. Nach einiger Wartezeit im Flughafengebäude ging der Flug in einer anderen Maschine weiter. Wir erreichten dann unser Reiseziel. Nach einer umfangreichen Personenkontrolle wurden wir in unser Hotel gefahren.

Die meiste Zeit hielten wir uns am Strand auf. Abends gingen wir zeitig schlafen, denn für das Nachtleben reichte unser zugeteiltes Taschengeld nicht, das wir im Laufe der Zeit durch den Verkauf verschiedener Kleidungsstücken aufbesserten. Tagsüber löschten wir meist unseren Durst an den kleinen Wasserspenderbrunnen, die mancherorts standen. Die Teilung Deutschlands bekamen wir hier auch zu spüren, man wurde immer wieder durch irgendwelche Erlebnisse oder Begebenheiten daran erinnert. Eine Reisegruppe aus Westdeutschland wurde in jeder Beziehung uns gegenüber bevorzugt. Obwohl wir für die gleiche Zeit im selben Hotel den siebenfachen Preis gezahlt hatten, wurde auf unseren Abendbrottisch ein Krug mit Wasser gestellt, während auf der westdeutschen Tafel Bier stand. Die Reihenfolge des Bedienens war auch klar, ganz nach der Devise: Erst kommt erst, und dann kommt dann.

Nach ein paar Tagen hatte ich ein interessantes Erlebnis, das für sich sprach. Wir hatten im Hotel Bekanntschaft mit einem Künstlerpaar gemacht, das in einem Varieté auftrat. Sie luden uns zu einer Vorstellung ein und besorgten uns Plätze auf der Galerie. Ich saß neben einem Beleuchter, der mich im Laufe des Abends ansprach und mich nach meiner Herkunft fragte. Als ich mit »Germany« antwortete, fragte er: »West?« Als ich dann »DDR« sagte, schwieg er und sprach mit mir den ganzen Abend kein Wort mehr. Mir wurde klar, wie gefragt und beliebt unser Land und seine Währung ist. Das stellten wir auch beim Abflug aus Rumänien fest. Unsere Tochter hatte beim Warten Durst bekommen, wir wollten im Flughafen etwas für sie zu trinken kaufen. Mit allen Währungen war das möglich gewesen, nur die DDR-Mark wollte keiner haben. Wir haben dann auf der Toilette den Durst mit Wasser gestillt. Als wir wieder zu Hause waren, erwartete uns eine höchst unangenehme Überraschung: Unsere Wohnung war in unserer Abwesenheit betreten und durchsucht worden.

1975 schied ich nach zweiundzwanzigjähriger Tätigkeit aus gesundheitlichen Gründen und auf ärztliches Anraten hin aus dem Automobilwerk Eisenach aus und übernahm mit meiner Frau eine kleine Gaststätte in einem Hotel unserer Stadt. Ich war nun Betriebsangehörigerer der HO (Handelsorganisation). Somit arbeitete ich jetzt in einer Branche, wo es in der Versorgung weitaus weniger Schwierigkeiten und Mängel gab – zumindest, was Bier und Schnaps fürs Volk betraf. Konsumartikel waren schwer und oft nur durch Beziehungen zu bekommen. Nicht umsonst gab es das Sprichwort: ›Ein Sozialist ohne Beziehungen ist wie ein Kapitalist ohne Geld.‹ So wurden manche Artikel über regelrechten Ringtausch besorgt. Angefangen bei einer Badewanne oder Dachrinne, über eine Waschmaschinenanmeldung bis hin zu Fliesen, von Zement bis zu einer Autoanmeldung ging der Handel. In der Tageszeitung waren dann z.B. folgende Anzeigen zu lesen: ›Biete Wartburganmeldung, suche Fliesen‹. Wer jemanden kannte, der etwas zu verkaufen hatte, verdiente an den Geschäften sehr gut mit. So wollten wir beispielsweise unseren Wohnzimmerofen, einen älteren Kanonenofen, aus dem beim Öffnen Flammen schlugen, gegen einen transportablen Kachelofen austauschen. Ein Bekannter hatte irgendwie Beziehungen und besorgte uns einen solchen Ofen. Bei der Abwicklung des Geschäfts sagte er, daß da noch der Mähdrescher mit dran hänge. Ich verstand nicht und sagte, daß hier wohl ein Mißverständnis vorläge. Darauf belehrte er mich und sagte, daß ich mal einen Fünfzigmarkschein von der Rückseite anschauen solle. Nun verstand ich, daß ich fünfzig Mark zusätzlich zu zahlen hatte. Denselben Betrag zahlte ich später zusätzlich für einen Fernseher, zu dem ich mich angemeldet hatte und der 6000 Mark kostete.

Günstiger hatten es da Leute, die Westgeld besaßen und in den Intershops einkaufen konnten. In diesen Geschäften gab es alles zu kaufen, was es sonst im ganzen Land nicht gab. Sie waren mit ihrem Warenangebot und Niveau im Vergleich zu den Läden des staatlichen Handels Luxusoasen, in die viele nur einmal reinschauten und sich eine Nase voll Geruch holen konnten. Auch darüber wurden Witze erzählt:

Eine Oma vom Dorf ging in einen Intershop und kaufte vor Begeisterung über das Angebot einen ganzen Einkaufskorb voll Waren ein. An der Kasse legte sie den Betrag in DDR-Währung auf den Kassentisch. Darauf fragte die Kassiererin: »Oma, haste nicht Devisen?« Darauf antwortete die Oma: »Ne, wir sind LPG geworden, etwas Vieh ham se uns gelassen, aber de Wiesen ham se uns weggenommen.«

Im April 1977 wurde unsere Familie vom Schicksal getroffen. Meine Frau war eines Morgens mit Unwohlsein aufgewacht, sah Doppelbilder und hatte keine Orientierung mehr. Die sofort eingeleiteten Voruntersuchungen ergaben zuerst eine furchtbare Diagnose: Verdacht auf Hirntumor. Wir hatten in Gedanken mit dem Leben abgeschlossen und Abschied von allem genommen. Nach Einweisung in eine Spezialklinik und vierteljährigem Aufenthalt wurde zwar eine andere, aber nicht minder tückische Krankheit festgestellt, die keine Hoffnung auf Heilung oder eine hohe Lebenserwartungen gibt: Multiple Sklerose.

Meine Frau wurde teilinvalidisiert und mußte ihre Arbeit gegen eine Teilzeitbeschäftigung als Textilverkäuferin in einem Kaufhaus tauschen. Ich führte die Gaststätte weiter, bekam aber gesundheitliche Probleme, mußte nach zwei Krankenhausaufenthalten meine Tätigkeit in der Gastronomie beenden und wechselte in eine Selbstbedienungskaufhalle über.

Meine Eltern waren inzwischen Rentner geworden. Das Verhältnis zwischen meinem Vater und mir hatte keinesfalls an Spannungen verloren. Außerdem lagen seine Nerven blank, da Mutter krank geworden war und jetzt eine Reihe Pflichten auf ihn zukam, die ihm bisher fremd waren. Hilfe von meiner Tante, die in unmittelbarer Nähe wohnte, hatten meine Eltern nicht zu erwarten, da sie die Verbindung zu ihr abgebrochen hatten. So küm-

In der Gaststätte

merten wir uns nun mehr um sie, besuchten sie, wenn es unsere knappe Zeit erlaubte.

Eines Tages kam es wieder einmal bei einem Besuch im Elternhaus aus irgendwelchen Nichtigkeiten zu Auseinandersetzungen. Ich merkte den aufgestauten Frust meines Vaters. Als ich mir das erste Mal wagte, meine Meinung zu äußern, war das zu viel für ihn. Mit aller Härte und Zorn, der sich in seinen Gesichtszügen widerspiegelte, verwies er mich an jenem Tag aus meinem Elternhaus. Mein letztes Wort, das ich noch sagen konnte, war, daß ich aber dann zu meiner Mutter käme. Doch ein paar Tage später erhielt ich einen Brief, in dem auch meine Mutter mir empfahl, das Elternhaus nicht mehr zu betreten. Für mich brach eine Welt zusammen. Mein Vater, dem ich einmal das Leben gerettet hatte, unter dem ich oft gelitten und viele seiner Pflichten übernommen hatte, hatte mich verstoßen. Meine zwei Brüder brachen ebenfalls die Verbindung zu mir ab.

Nach Jahren konnte ich mir dann erklären, warum das Verhältnis meines Vaters zu mir von solcher Kälte gezeichnet war. Ich hatte endlich aus verschiedenen Quellen ein bis dato streng gehütetes Geheimnis erfahren: Er war gar nicht mein richtiger Vater.

Wir schrieben das Jahr 1982, als unsere Familie eine Doppelhochzeit feierte. Meine Frau und ich begingen unsere Silberhochzeit, und unsere Tochter heiratete. Leider war ihre Ehe nicht lange von Bestand, denn nach zwei Jahren wurde sie wieder geschieden. Zuvor bekam sie aber ein Kind, wir wurden Großeltern. Wir halfen ihr in dieser Zeit, soweit es in unseren Kräften lag. Gern waren wir mit unserer Enkeltochter zusammen, die uns viel Freude bereitete.

Die Gesundheit meiner Frau verschlechterte sich weiter, sie wurde vollinvalidisiert. Damit bekam sie nun wie alle Rentner die Erlaubnis, ihre Verwandten in Westdeutschland zu besuchen. Während die Grenzbefestigungen, der ›antifaschistische Schutzwall‹, angeblich zum Schutz der Bürger der DDR, gegen Westdeutschland errichtet worden war, machte man sich offenbar um diese Menschen und deren Sicherheit keine Gedanken. Sie kosteten den Staat nur Geld und brachten der Gesellschaft keinen Nutzen mehr. Ich hatte mich nie der Illusion hingegeben, meine Frau auf ihrer Fahrt einmal zu begleiten, denn wie ich nach Jahren erfuhr, hätte ich ohnehin nur eine herbe Enttäuschung erlebt. Meine Frau hatte trotz ihrer Krankheit wenigstens noch die Freude, ihre Cousine besuchen zu dürfen. Sie nahm dafür auch Schikanen in Kauf, die mit den Reisen verbunden waren. Sie fuhr nun ab und zu, wenn es ihre Gesundheit zuließ, nach München. Ich stand dann immer zur Verabschiedung am ›Interzonenzug‹. Die Fahrgäste des Zuges waren leicht und sehr schnell zu zählen, die Szenerie glich der Ausflugsfahrt eines Altersheimes. Ich schaute winkend und mit Wehmut dem Zug hinterher, der den Bahnhof in Richtung anderes Deutschland verließ. Ich stand, während die roten Schlußleuchten des Zuges längst verloschen waren, noch lange in Gedanken und mit tausend Fragen am Bahnsteig und mußte auf dem Nachhauseweg oft die Tränen unterdrücken.

Mein zweitältester Bruder überbrachte mir eines Tages die Nachricht, daß mein Vater gestorben sei. Er fragte mich, wie ich mich verhalten würde, da er zur Zeit auch keine Verbindung zum Elternhaus hätte. Das war aber, wie ich bald erfahren sollte, gelogen. Er war nur geschickt worden, um mich auszuhorchen, denn zu unserem vereinbarten Treff auf dem Friedhof kurz vor der Trauerfeier erschien er nicht. Wieder einmal war ich von der Familie enttäuscht und meine Gutgläubigkeit mißbraucht worden. Ich saß nun mit meiner Tante in der letzten Reihe der Trauergäste aus der Nachbarschaft und erfuhr etwas, das lange für Gesprächsstoff im Bekanntenkreis sorgte. In der Traueranzeige der Tageszeitung wurde ich nicht benannt, ebenfalls meine Frau und mein Kind nicht. Ich bekam nun endlich die Bestätigung, daß ich ausgestoßen war, als Familienmitglied nicht mehr anerkannt wurde und für den Rest der Familie nicht mehr existierte. Meine Gefühlen wurde dann in der Trauerrede mit Füßen getreten, indem ich zwischen den Zeilen nicht als Sohn sondern als schwarzes Schaf der Familie erwähnt wurde. Ich überstand die Trauerfeier fast wie in Trance, und nachdem ich mein Blumengebinde am Grab niedergelegt hatte, mußten mich meine Tante und eine Nachbarin unterhaken und nach Hause führen. Meine Beine trugen mich nicht mehr. Ich war einem Nervenzusammenbruch nahe. Ähnliches mußte ich ein paar Jahre später nach dem Tod meiner Mutter noch einmal durchstehen. Meine Brüder hatten nicht einmal eine Benachrichtigung für mich übrig und führten meinen Familienausschluß weiter. Die Ersparnisse, Auto, Garage, deren Grundlage ich durch Entbehrungen und Übernahme von Pflichten mit geschaffen hatte, teilten sie sich untereinander auf. In meiner eigenen Familie mußte ich die Erfahrung machen, daß materielles Streben der Menschen in einer Gesellschaftsordnung Freunde und sogar Familien entzweit.

Meine Tochter fand drei Jahre nach der Enttäuschung ihrer ersten Ehe wieder einen Partner und heiratete erneut. Meine Enkeltochter war inzwischen herangewachsen, ging in den Kindergarten und bekam bald einen Bruder.

Wir schrieben das Jahr 1987. Nach meiner bisherigen Tätigkeit als Stellvertreter setzte man mich nun als Leiter der Kaufhalle ein. So hatte ich besonders mit der immer schwieriger werdenden Warenbeschaffung tagtäglich zu kämpfen. Ausreichend vorhanden waren die Grundnahrungsmittel wie Brot, Mehl, Zucker, Fleisch- und Wurstwaren sowie Spirituosen, aber das war nur ein anspruchloses Durchschnittssortiment, denn inzwischen gab es Delikat- oder Exquisitläden. Das waren Einkaufsstätten, die für Besserverdienende zu erhöhten Preisen Qualitätsware und eine größere Auswahl anboten. Obwohl im Land viele hochwertige Waren hergestellt wurden, sah die Bevölkerung wenig davon, weil vieles vorwiegend für den Export bestimmt war. Schlagworte des Staates von einst, wie die einer Frieda Hockauf: »So wie wir heute arbeiten, werden wir morgen leben«, wurden belacht. Ähnlich war es mit einem Vorschlag zum Verzehr von Eiern. In der Saison hieß es: »Iß ein Ei mehr!« Später galt dann wieder, daß der Verzehr ungesund sei. Das Schlangestehen wurde zur Selbstverständlichkeit, wenn es etwas Außergewöhnliches gab. Wenn sich vor einem Geschäft eine Schlange gebildet hatte, stellte man sich oft einfach hinten mit an, ohne zu wissen, was es gibt, denn auf alle Fälle war es nichts Alltägliches. So kam es um die Weihnachtszeit zu folgendem Ereignis, ausgelöst durch ein Mißverständnis und durch mangelhafte Versorgung:

Im Gebäude der Kaufhalle befanden sich in der ersten und zweiten Etage Wohnungen, deren Balkons einen Ausblick zum Hof und zur Warenanlieferung der Kaufhalle hatten. Irgendein Anwohner hatte beobachtet, wie vom Backwarenbetrieb Stollen geliefert wurden. Verpackt waren sie aber in Bananenkartons. Schnell war das Gerücht verbreitet, daß es in der Kaufhalle Bananen gibt und innerhalb kürzester Zeit bildete sich vor dem Geschäft eine Schlange. Ich hatte alle Mühe, die Anstehenden zu beruhigen, die Schlange aufzulösen und eine Kontrolle der Arbeiter- und Bauerninspektion abzuwehren.

Bei einem Besuch in einer anderen Stadt passierte es mir einmal, daß ich mich in so eine Schlange einreihte, aber nach einer Zeit der Spannung und Hoffnung enttäuscht den Laden verließ. Es hatte Pflaumenmus und Tomatenketchup gegeben. Solche Raritäten wurden – wie immer häufiger üblich – gar nicht erst in Regale gestellt, sondern gleich von der Palette verkauft. Als ich mich an den Berg von leeren Kartons herangekämpft hatte, löste sich die Kundenschlange unter lautem, ärgerlichem Geschimpfe auf. Bis auf ein paar Gläser, die durch die Verkaufsaktion zu Bruch gegangen waren, war nichts mehr übrig geblieben. Ich kaufte mir dann ein Glas der *Einheitsmarmelade*, die es immer gab, und ein paar Brötchen, die gerade aus einer Art Zementsack ausgeschüttet wurden. Der große

zusammengepreßte Brötchenklumpen mußte erst gelöst werden, bevor ich mein Quantum entnehmen konnte. Wenigstens lag hier für hygienebewußte Menschen eine Zange bereit.

Die Versorgungslücken wurden auf verschiedene Art und Weise behoben. Das konnte ich bei einer Busreise in die CSSR erleben, wo von zugeteiltem Taschengeld als Mitbringsel Toilettenbecken, Fischkonserven und andere Artikel gekauft wurden. Erst nach dem Grenzübergang kam dann die Erleichterung, wenn die Kontrollen überstanden waren. Eine Warenlücke wurde in unserer Stadt buchstäblich durch Erich Honecker selbst verursacht. Er weilte anläßlich eines Besuches der Wartburg in Eisenach. Alle Häuser, die an der Durchfahrtsstraße standen und mangelhafte Fassaden aufwiesen – und derer waren es viele –, mußten laut Anordnung gestrichen werden. Manche Häuser waren leer, unbewohnt und zum Abriß vorgesehen. Nach der Abreise Honeckers war in der Stadt die Farbe ausverkauft. Selbstverständlich gab es auch zum Thema Materialmangel einen treffenden und hintergründigen Witz:

Ein armer Sünder wird beim Eintreten in die Hölle gefragt, ob er in die kapitalistische Hölle oder in die sozialistische möchte. Nach dem Unterschied gefragt, sagte man ihm: »In der kapitalistischen Hölle kommt man in das Fegefeuer und in der sozialistischen auf ein Nagelbrett.« Nach kurzem Überlegen antwortete er: »Da möchte ich schon am liebsten in die sozialistische Hölle, denn wenn es Bretter gibt, fehlen die Nägel und wenn es Nägel gibt, dann haben sie bestimmt keine Bretter.«

Meine Tante hatte inzwischen das Rentenalter erreicht und ihr Arbeitsverhältnis bei der Polizei beendet. Im Haus, in dem nur Polizeiangehörige wohnten, entstand zwischen ihr und einer Familie, deren Mann Angehöriger der Kripo war, eine intensive Nachbarschaftsbeziehung. Die Familie übte im Laufe der Zeit immer mehr Einfluß auf meine Tante aus. Sie hatte der Familie gegenüber kaum Durchsetzungsvermögen und wurde im Laufe der Zeit in jeder Beziehung hörig. Ihre Gutmütigkeit und Naivität wurde so ausgenutzt, daß aus ihrer Hausbar ohne Erlaubnis getrunken wurde und sie ausgeliehene Sachen einfach nicht mehr zurückerhielt. Sie beschwerte sich oft bei mir über das dreiste Verhalten der Familie, traute sich aber um des lieben Friedens Willen nicht, in irgendeiner Art Einhalt zu gebieten. Ich empfand bei ihrer Unterhaltung oft, daß sie wie eine unmündige Person behandelt wird, wollte mich aber nicht in ihre Angelegenheiten einmischen. So konnte ich ihr nur verschiedene Ratschläge geben, um ihre Persönlichkeit der Familie gegenüber zu wahren. Eines Tages unternahm sie eine Urlaubsfahrt und übergab der Familie ihre Wohnungsschlüssel. Als sie von der Reise zurück kam, bemerkte sie, daß ihre Schränke durchsucht worden waren. Sie wußte sofort, was wahrscheinlich gesucht worden war. Sie hatte das Sparkassenbuch gekennzeichnet an einen Platz gelegt und fand es nun verändert zurückgelegt vor. Wir haben nach diesem Vorfall lange die Konsequenzen diskutiert und kamen zum Entschluß, daß wir sofort der Familie den Schlüssel entziehen. Das sollte ich in ihrem Auftrag erledigen. Ich kann mir bis heute nie den Fehler verzeihen, den ich gemacht habe, indem ich ablehnte, um sie nicht auch unmündig zu behandeln, denn das sollte später furchtbare Folgen für meine Tante und für unsere Familie haben.

Am 12. November 1987 wurde ich früh nach acht Uhr an meiner Arbeitsstelle von der Frau des Kripobeamten angerufen. Sie teilte mir mit, daß sich meine Tante am Vortag das Leben genommen habe. Ich wunderte mich erst über die verzögerte Benachrichtigung, denn ich wäre zu jeder Zeit und sofort telefonisch zu Hause zu erreichen gewesen, aber irgendwie war ich wohl in jener Nacht, in der nach späteren Zeugenaussagen eines Nachbarn ein reges Treiben in der Wohnung stattfand, unerwünscht. Nachdem ich mich sofort zur Polizei begeben hatte, um weitere Informationen zum Tod meiner Tante von amtlicher und kompetenter Stelle zu erfahren, wurde ich vom Kripobeamten und Ehemann der Frau, die mich benachrichtigt hatte, empfangen und über die Einzelheiten informiert. Ich war zuerst einmal sprachlos und schockiert, wie ein derartiger Todesfall für Angehörige erledigt werden sollte. Der Sachverhalt wurde mir dann so geschildert:

Die Frau des Kripobeamten hatte nach Dienstschluß bei meiner Tante an der Wohnungstür geklingelt, und da ihr nicht geöffnet wurde, nahm sie an, daß niemand zu Hause ist. Sie war dann noch in ihren Sportclub gegangen. Als sie spät abends nach Hause kam und das Heizmaterial immer noch vor der Tür stand, klingelte sie mehrmals. Danach öffnete die Familie mit dem Schlüssel, den sie von der Wohnung besaßen, die Wohnungstür. Sie fanden meine Tante in der Küche im Nachthemd sitzend bei offenem Gashahn. In der Küche lag noch das große Tuch auf dem Fußboden, das sie früh beim Waschen auslegte.

Da ich ihren Tagesablauf kannte, dachte ich, daß sie früh schon begonnen hatte, ihren Entschluß in die Tat umzusetzen. Mir gingen tausend Fragen durch den Kopf, und ich erlebte alles wie einen bösen Traum. Aber die größte Überraschung und viele Ungereimtheiten im Zusammenhang mit dem rätselhaften Tod meiner Tante erlebte ich in den nachfolgenden Tagen durch Ereignisse und Hinweise der Nachbarn. Der Kripobeamte wies mich zuerst darauf hin, daß ein Testament vorliegt, das seine Frau zur Alleinerbin erklärt. Alle Vollmachten wurden uns abgesprochen. Das bekam auch auf schmerzliche und für sie ebenfalls unverständliche Art meine andere Tante, die einen Tag später eintraf, zu spüren, als ihr der Zutritt zur Wohnung ihrer Schwester verwehrt wurde. Sie fuhr sofort kopflos wieder nach Hause, denn sie konnte das alles nicht verkraften. Wir erfuhren von einem Nachbarn im Haus, daß alles schnell abgewickelt wurde. Ein Arzt hatte, da nach Aussage der Kripo eine eindeutige Todesursache vorlag, den Totenschein ausgeschrieben und meine Tante wurde sofort vom Bestattungsinstitut weggebracht. Die Bestattungsfeier sowie eine sofortige Einäscherung, die sie nie gewollt hat, wurde von der Nachbarfamilie veranlaßt. Wir bekamen nicht einmal die Trauerpost, unsere persönlichen Familienbilder oder ein Andenken an sie ausgehändigt.

Ein Nachbar, der den Ablauf nach dem Tod verfolgen konnte, setzte sich mit mir in Verbindung. Nach der Unterhaltung über Einzelheiten verstärkte sich bei mir immer mehr der Verdacht, daß nicht alles mit rechten Dingen zugegangen war. Der gleichen Meinung war ein Rechtsanwalt, dem ich eine Kopie mit unleserlichem Datum des Testaments übergab, das mir inzwischen zugesandt worden war, sowie und eine schriftliche Erklärung, in der ich meine Zweifel am Schriftbild meiner Tante, am Text des Testaments und am gesamten Geschehen ausdrückte. Er schickte mich mit meiner Meinung zum Staatsanwalt des Kreisgerichtes unserer Stadt und wollte wohl dieses heiße Eisen nicht anfassen. Ich wurde zu einem neuen Termin auf das Kreisgericht bestellt. Nach Betreten eines saalähnlichen Raumes wurde ich von einem Staatsanwalt, der mir gegenüber am Kopfende einer endlos langen Tafel saß, zum Platznehmen aufgefordert. Nach kurzem Blick auf meine Aufzeichnungen sagte er mir dann mit einer unnahbar forschen Stimme und strengem Blick: »Ich prüfe das, aber sollte ich keine Beweise finden, erhebe ich Anklage gegen Sie wegen Verleumdung eines VP-Offiziers!«

Ich begriff sofort, in welcher Situation ich mich befand, und wußte, wie im DDR-Regime Recht und Menschenwürde gehandhabt wurden. Ich hatte außerdem den Eindruck, daß er sich bereits eine Meinung über meine Schilderung gemacht hatte, denn das wäre selbst für einen Laien einfach gewesen.

Wenige Tage später wurde ich zur Kripo vorgeladen. In einer sechsstündigen Vernehmung wurde mir meine aussichtslose Position dargelegt und die rechtliche Lage der Dienststelle klar gemacht. Immer wieder wurden Zweifel meinerseits zu Drohungen gegen mich benutzt und die fachliche Kompetenz sowie die Macht der Behörde betont. Ich fühlte mich bei dieser Behandlung und der Atmosphäre mittlerweile nicht mehr als hilfesuchendes Opfer sondern als Verbrecher. Mein Zeuge wurde als unglaubwürdiger Alkoholiker hingestellt. Er brach auch die Verbindung zu mir ab, weil ihm mit dem Verlust seiner Arbeitsstelle gedroht wurde. Ich sah ein, daß er das alles nicht aufs Spiel setzen konnte, da er eine Familie zu ernähren hatte.

Als der Vernehmer zum Mittagessen ging, mußte ich für eine Weile den Raum verlassen und im Flur auf einem Stuhl sitzend warten, bis die Prozedur ihre Fortsetzung fand. Ein Tonband hatte die Vernehmung aufgezeichnet. Am späten Nachmittag hatte ich dann das vierzehnseitige Protokoll zu unterschreiben. Beim Verlassen des Vernehmungsraumes sah ich, daß im Nebenraum der Kripobeamte saß. Er hatte mitgehört, wie sein Kollege diese Angelegenheit im Interesse der Dienststelle bereinigte. Ich weiß nicht, wie ich dann nach Hause kam. Meine Frau hatte schon lange auf mich gewartet und das Schlimmste befürchtet. Wir hatten beide Angst, denn ich wäre nicht der erste gewesen, der wegen des Aussprechens der Wahrheit im Gefängnis landete. Und so belog ich mich im Interesse der Sicherheit meiner Familie und bestätigte nach einer weiteren Vorladung beim Staatsanwalt, daß alles rechtens und vorschriftsmäßig abgewickelt wurde. Nach der Wende wollte ich meine Unterlagen nebst Testament bei der Kripo holen, doch ich bekam Bescheid, daß die Sache verjährt sei und alles vernichtet wurde.

Das Jahr 1988

Die Besuchsmöglichkeiten nach Westdeutschland waren gegen Ende der 80er Jahre von der DDR-Regierung etwas gelockert worden. Bei Todesfällen oder zu besonderen außergewöhnlichen Anlässen gab es eine Genehmigung zu einer Besuchsreise. Meine Frau war zuversichtlich, daß ich sie bald auf einer Reise begleiten dürfte, da wir eine Einladung zum 90. Geburtstag ihrer Tante bekommen hatten. Ich besorgte mir eine Befürwortung meiner Arbeitsstelle, die für die einzureichenden Unterlagen notwendig war, und begab mich in die Paßstelle der Polizeibehörde. In einem großen Warteraum saßen artig die Bürger und warteten auf ihren Aufruf. Ungewißheit und ein fast ängstlicher Ausdruck lag in den Gesichtern der Wartenden. Die Luft knisterte.

Als mein Name aufgerufen wurde, bekam ich einen Schreck. Dann sah ich mich einer unnahbaren, mich mit amtlicher Miene musternden Polizistin gegenüber. Ihr Ruf und ihre Behandlungsweise war durchs Hörensagen bekannt und gefürchtet. Ihre blond gefärbten Haare unterstrichen ihre kalte Ausstrahlung. Nach einem Blick auf mein Antragsformular verließ sie für kurze Zeit den Raum. Als sie wieder kam, hatte sie wahrscheinlich Kenntnis und Einsicht in meine Unterlagen genommen, von deren Existenz ich erst nach dem Untergang der DDR erfuhr. Mit schadenfroher Stimme sagte sie mir, daß ich nicht nach Westdeutschland fahren dürfe. Dabei zerriß sie vor meinen Augen meinen Antrag, den ich ganz gewissenhaft und mit großer Mühe ausgefüllt hatte, und warf die Papierschnipsel in den Papierkorb, der unter dem Schreibtisch stand. Anschließend fügte sie noch hinzu: »Ihre Frau darf doch fahren.«

Einem Mann, der vor mir aufgerufen wurde, muß es wohl ähnlich ergangen sein, denn er schlug beim Verlassen des Raumes wütend die Tür hinter sich zu. Die neunzigjährige Tante habe ich nie mehr lebend sehen können. Sie war mit den Verhältnissen der DDR nicht vertraut und verstand mein Fernbleiben zu ihrem Geburtstag nicht. Daß dies den Behörden zuzurechnen war, betrachtete sie nur als Ausrede. Wiederum schaute ich traurig dem Zug nach, in dem meine Frau saß.

Nach wenigen Tagen kehrte sie aus München zurück. Ich stand wartend am Bahnsteig, um sie abzuholen. Die wenigen Leute, die mit diesem Zug kamen, waren bequem zu überschauen. Plötzlich entdeckte ich meine Frau, die tränenüberströmt als eine der letzten Reisenden aus dem Zug stieg. Zitternd und an einem Tiefpunkt angekommen, fiel sie mir um den Hals, sprach kein Wort und weinte nur laut. Als ich nach ihrem Reisegepäck fragte, schüttelte sie nur den Kopf und zeigte auf eine leeren Kofferrolli, den sie als einziges Gepäckstück in der Hand hielt. Was war passiert?

Weil sie durch ihre Krankheit oft im Krankenhaus liegen mußte, hatten ihr die Verwandten einen gebrauchten Schwarzweiß-Kofferfernseher geschenkt, der inzwischen in Westdeutschland nicht mehr gefragt war. Mit ein paar gebrauchten Kleidungsstücken und ihrer persönlichen Reiseausrüstung einschließlich ihrer Medikamente war alles in einem Karton verpackt gewesen, der wiederum auf dem Kofferrolli befestigt war. Die Reisenden wurden teils bewußt über Einfuhrbestimmungen im Unklaren gelassen, denn man wollte durch Ärgernisse möglichst den Reiseverkehr unterbinden, und über beschlagnahmte Waren war man keine Rechenschaft schuldig. Geschenke oder Waren, die es bei uns nicht zu kaufen gab und durch deren Kauf Westdeutsche ihren Besuchern eine Freude machen wollten, wurden einfach bei den strengen Kontrollen im Zug einbehalten. So war es auch meiner Frau ergangen. Als sie nach dem Inhalt des Kartons gefragt wurde, gab sie ihre Zollerklärung ab, auf der alle Artikel bis in das kleinste Detail aufgeführt waren. Ihr wurde mitgeteilt, daß die Einfuhr des in Westdeutschland fast als Sperrmüll geltenden Fernsehers in der DDR verboten sei. Sie bekam eine Gepäckanhänger und sollte darauf die Anschrift schreiben, an die der Karton zurückgeschickt werden würde. Dazu war sie aber nicht in der Lage, und Mitreisende mußten sich um sie kümmern, damit sie in ihrem Zustand die Reise bis zum Heimatort fortsetzen konnte. Ich war außer mir vor Zorn. Das System des sozialistischen Staates DDR hatte wieder einmal sein wahres Gesicht gezeigt.

In der kommenden Nacht konnte ich nicht schlafen und entschloß mich nach langer Überlegung und unter Hinnahme aller Konsequenzen,

Deutsche Reichsbahn
Bahnhof
GERSTUNGEN

5904 Gerstungen, den 04.01.89

Frau
Christa Pohl
Luisenstrasse 5

E i s e n a c h
5900

Sehr geehrte Frau Pohl!

Wir bitten nochmals um Zusendung der Anschrift bzw. tarif-
massigen Bestimmungsbahnhof in der BRD, zwecks Rücksendung
des Fernsehgerätes nach dort.
Nach Germering ist keine Abfertigung möglich.
Zur Vermeidung von Lagergebühren bitten wir um baldige Er-
ledigung.

Bahnhof Gerstungen
Abt. Transportunregelmäßigkeiten

Rc 66/80 V-3-17 DEG

Mitteilung der Deutschen Reichsbahn

meine Empörung dem Ministerium für Staatssicherheit durch eine Eingabe mitzuteilen. Ich schrieb einen langen Brief, in dem ich mich über die Behandlung von Reisenden durch Zöllner und Stasiangehörige im Interzonenzug beschwerte. Ich forderte die Dienststelle auf, sofort die persönlichen Gegenstände auszuhändigen. Außerdem kritisierte ich diese Handlungsweise, die eine grobe Verletzung und Mißachtung der Transitbestimmungen darstellte. Ein weiteres Schreiben schickte ich an die Dienststelle des Grenzüberganges, die mir inzwischen wegen Verzögerung der Rücksendung mit Aufbewahrungsgebühren gedroht hatte. Ich zitierte einige Thesen aus der Erklärung über die allgemeinen Menschenrechte, die anläßlich des vierzigsten Jahrestages von der DDR-Regierung propagiert, nicht aber geachtet wurden. Unter anderem übernahm ich wörtlich folgenden Absatz:

›Das Recht auf Mitbestimmung und Unantastbarkeit, Freiheit und Würde der Persönlichkeit auf Gewissens-, Glaubens- und Meinungsfreiheit, die Unverletzlichkeit des Post- und Fernmeldegeheimnisses, das Recht auf Freizügigkeit, persönliches Eigentum sowie umfassende Rechtssicherheit für jeden Bürger sind dafür die Grundlagen.‹ Es klang wie ein Hohn für die DDR Bürger, denn fast alle Thesen wurden täglich verletzt und schon jahrelang nicht mehr geachtet. Tatsächlich bekam meine Frau daraufhin alles bis auf den Fernseher zurück.

Viele Begebenheiten widerspiegeln, wie das Postgeheimnis mißachtet wurde. Unsere Verwandten wollten uns an einem Weihnachtsfest eine kleine Freude bereiten, indem sie uns ein mit viel Liebe zusammengestelltes Päckchen schickten. Ich bekam von der Post die Mitteilung, daß ich zwecks Abholung des Päckchens ein Behältnis oder Verpackungsmaterial mitbringen soll. Als mir die Postangestellte einen müllähnlichen Haufen von Artikeln in einem total zerfetzten und aufgelösten Karton auf den Schalter legte, geriet ich fast außer mir vor Wut. Die zerdrückten Schokoladenweihnachtsmänner gaben dem Ganzen einen für das DDR-System typischen Ausdruck der Mißachtung eines religiösen Festes und des Kontaktes von Menschen untereinander. Verschiedene leere Weihnachtspapiertüten zeugten von fehlenden Artikeln, was ich durch ein mitgeschicktes Inhaltsverzeichnis bestätigt bekam. Ich packte alles in eine mitgebrachte Tasche und zog davon.

In den Läden wurde die Versorgungslage zusehends schlechter. Die Regale der Geschäfte zeigten immer größere Lücken. Militärische oder parteiliche Verkaufseinrichtungen wurden durch besondere Einkaufskataloge bevorzugt beliefert. So wurde versucht, durch Privilegien und materielle Vorteile linientreue Genossen für die Machterhaltung einer Diktatur zu gewinnen, die ihren Verfall nicht mehr aufzuhalten vermochte. Die Bespitzelung von Freunden und Bekannten, ja sogar von Familienangehörigen wurde belohnt. Viele konnten nicht widerstehen, für leicht verdientes Geld Menschen ins Gefängnis zu bringen und Familien ins Unglück zu stürzen. Ein ganzes Volk wurde auf Schritt und Tritt überwacht, doch die Angst vor der Stasi war im Vergleich zu früheren Zeiten immer weniger zu spüren. Mit der zunehmenden Unzufriedenheit wuchs unter der Bevölkerung die Kritik am politischen System, die immer häufiger auch öffentlich zum Ausdruck gebracht wurde. Der Zusammenbruch und das Ende der DDR lagen in der Luft. Diese Meinung vertraten mittlerweile selbst getreue Staatsfunktionäre. Daß der Sozialismus siegt, daran glaubten viele Parteigenossen längst nicht mehr, und die Siegesparolen verstummten zusehends.

Auf allen Gebieten des täglichen Lebens spürte man, daß sich das Land immer weiter ins wirtschaftliche Abseits begab. Bei meinen Fahrten in die Auslieferungslager konnte ich die immer kleiner werdenden Warenreserven feststellen. Und so war ich froh darüber, als ich hörte, daß ein Empfangssekretär in jenem Hotel gesucht wird, in dem ich schon einmal eine Gaststätte geführt hatte. Ich übernahm die Stelle, hatte nun mehr Zeit für meine Familie und war außerdem den Ärger mit der Versorgung los. Hier wollte ich bis zum Erreichen meines Rentenalters bleiben. Doch es sollte alles anders kommen.

Die Staatsführung hatte sich zum vierzigsten Jahrestag der DDR noch feiern lassen, obwohl der Zusammenbruch des Regimes schon besiegelt war. Der sowjetische Staatschef Gorbatschow, der zu den Feierlichkeiten angereist war, warnte die DDR-Machthaber mit dem bekannten Satz: »Wer zu spät kommt, den bestraft das Leben!« Er schuf die Voraussetzungen für die Wiedervereinigung Deutschlands, indem er keine Zusage zur Zerschlagung des Aufstandes mit Waffengewalt mit Hilfe der russischen Armee machte. Damit war es möglich, mit einer friedlichen und unblutigen Revolution den Beginn und Übergang zur Wende und schließlich die Wiedervereinigung Deutschlands zu vollziehen. Mutige Bürger schlossen sich in Komitees zusammen, es entstanden immer mehr Bürgerbewegungen, die die ersten Schritte für den Sturz der Regierung einleiteten.

Die Kirchen trugen mit den regelmäßigen Montagsgebeten viel zur friedlichen Revolution bei. Ich ging an diesem Tag stets in die Kirche unserer Stadt, die sich von Woche zu Woche immer mehr füllte. Unter den Menschen, die sich für Menschenrechte und gegen Unterdrückung versammelt hatten, konnte man auch die noch für die Stasi tätigen Mitarbeiter sehen. Offensichtlich fühlten sie sich unentdeckt und glaubten, daß die DDR fortbesteht. Bei einer Montagsdemo wurde beispielsweise aus einem Fenster heraus mehrmals mit Blitzlicht der Demonstrationszug fotografiert. Ein anderes Mal hatte ich mich in eine von vielen Menschen gebildete Lichterkette eingereiht, als stadtbekannte Bonzen langsam an uns vorbei gingen und sich auffallend intensiv die Gesichter der Beteiligten anschauten. Sie schlichen wie Hyänen, feig abwartend, weit entfernt, im Kreis um ihre scheinbaren Opfer, in der Hoffnung, vielleicht doch noch eine Gelegenheit zu bekommen, um über sie herfallen zu können. Sie versuchten wahrscheinlich, sich so viele wie möglich zu merken, um sie an ihre Auftraggeber auszuliefern. Der Demonstrationszug im Anschluß an das Montagsgebet, dessen Ziel immer ein politisches Gebäude oder eine Institution war, wurde von Woche zu Woche länger. Immer lauter wurden die Forderungen der Menschen, die Staatsführung abzulösen. Sprechchöre riefen: ›Wir sind das Volk!‹ Die Euphorie und der Haß aller Beteiligten ließen den Gedanken der Angst nicht aufkommen, denn der zunehmende Machtverlust der Stasi war längst von vielen erkannt worden, die nun mit der Forderung »Stasi in die Produktion!« des Volkes Willen zum Ausdruck brachten. Ich sah irgendwo ein großes Bild, auf dem Erich Honecker in Sträflingskleidung dargestellt war. So etwas wäre noch vor wenigen Jahren undenkbar gewesen, vom Ausmaß der Folgen gar nicht erst zu reden. Vieles war in diesen Tagen unvorstellbar. Keiner hätte wohl jemals daran geglaubt, daß bald ein Willi Brandt oder ein Helmut Kohl unter dem Jubel der Menge auf dem überfüllten Marktplatz der Stadt zu den Bürgern sprechen wird.

Die Wiedervereinigung Deutschlands

Täglich verfolgte ich die Nachrichtensendungen und die Fernsehberichte über die in den Großstädten immer größer werdenden Demonstrationen. Leipzig die Stadt, in der sich die größten Menschenmassen mit der Forderung nach Reisefreiheit und Reformen zusammengeschlossen hatten. Wie ein Lauffeuer verbreitete sich eine Nachricht über ein Ereignis unter den Menschen, das in die Weltgeschichte eingehen wird und viele Ereignisse vergangener Zeiten in den Schatten stellt: die Grenzöffnung zwischen Westdeutschland und der DDR, ein Glücksfall für ein Volk, das den Aufstand gegen ein Regime ohne Gewalt und Blutvergießen friedlich vollendete.

An jenem neunten November 1989 hatte ich Spätschicht. Die Ereignisse überschlugen sich förmlich, überall herrschte Chaos. Kellner und Küchenpersonal verließen ihre Arbeitsbereiche und rannten fluchtartig in alle verfügbaren Autos. Alle hatten nur ein Ziel vor Augen, die Fahrt zum Grenzübergang und in den ersten benachbarten Ort, jenseits der Grenze, der nur einen Katzensprung von unserer Stadt entfernt war. Gäste, die ihre Zeche bezahlen wollten, suchten und riefen vergebens nach ihrer Bedienung. Ich habe dann zum Feierabend mit meiner Frau mit einem Glas Sekt diesen Anlaß gefeiert.

Für viele Menschen im Land war dieser Tag aber eine herbe Enttäuschung. Viele Parteigenossen zogen sich in diesen Tagen zurück. Sie waren enttäuscht, daß eine Idee, für die sie alles getan und an deren Sieg sie fest geglaubt hatten, wie eine Seifenblase zerplatzt war. Es begann eine Austrittswelle aus der SED, viele staatstreue Parteimitglieder bekannten sich nicht mehr dazu, ihr angehört zu haben.

Ein stärker werdender Besucherstrom von Westdeutschland setzte nun auch in unserer Stadt ein. Die weltweit bekannten Sehenswürdigkeiten wie die Wartburg und die Wirkungsstätten bekannter Persönlichkeiten wie Johann Sebastian Bach erzielten Besucherrekorde. Im Hotel waren zu dieser Zeit alle Zimmer ausgebucht. Überall wurden schnell Kontakte geschlossen. Es war zu spüren, daß für viele ein Wunschtraum wahr geworden war. Konnten sich doch nun auch die westdeutschen Gäste, die in den vergangenen Zeiten immer streng von ihren ostdeutschen Landsleuten abgeschirmt worden waren, freier bewegen. Viele hatten bisher wegen der komplizierten Vorschriften und Reisebestimmungen Abstand von einer Reise in die DDR genommen.

Durch den niedrigen Wert der DDR-Währung kam nun ein Schwindelkurs von einer D-Mark zu zehn DDR-Mark zustande. Viele wollten bei ihrer Fahrt in den Westen ein bißchen Geld dabei haben, um sich dies oder jenes kaufen zu können, das sie bisher nur aus dem Westfernsehen kannten. Davon profitierten die westdeutschen Gäste, die überall günstig tauschen konnten. Für sie wurde die Besuchsreise eine Schnäppchenfahrt. Man konnte für fünf D-Mark in einer Gaststätte eine Rechnung von fünfzig DDR-Mark begleichen, und da die Preise in der Gastronomie sehr niedrig waren, konnte man dafür einen Abend mit einem guten Essen und Getränken verleben.

Eine Nachricht, die sich blitzschnell herumsprach, löste eine Reisewelle unbeschreiblichen Ausmaßes aus. Die Bundesregierung hatte den Beschluß gefaßt, als Willkommensgeschenk in Westdeutschland für alle DDR Bürger ein Begrüßungsgeld in einer Höhe von einhundert D-Mark auszugeben. Die Züge in Richtung Westdeutschland waren in diesen Tagen mehr als überfüllt. Auch ich stand nun eines Tages zu früher Stunde am selben Bahnsteig des Hauptbahnhofes unserer Stadt, an dem ich mich früher von meiner Frau bei ihrer Fahrt nach München immer verabschieden mußte. Ich konnte es immer noch nicht glauben, es erschien mir wie ein Traum, daß ich dieses Mal auch einen Zug besteigen durfte, der den Bahnhof in Richtung Westen verließ. Immer mehr Menschen fanden sich inzwischen am Bahnsteig ein. Mittlerweile warteten so viele, daß es unmöglich erschien, für alle einen Platz im Zug zu bekommen. Die Atmosphäre erinnerte ein wenig an die Flüchtlingszüge der Nachkriegszeit. Laute und von Aufregung geprägte Gespräche vermischten sich mit dem Geschrei von Kindern, die mitgenommen wurden, um die Empfangsgeldsumme für die Familie aufzustocken. Ein allgemeiner Zustimmungsruf von Erleichterung und Freude wurde von einer Lautsprecheransage ausgelöst. Nachdem alle bisher haltenden Züge schon überfüllt waren und ein Zusteigen durch Zuhalten der Türen von innen verhindert wurde, sollte ein Sonderzug eingesetzt werden. Ich schaffte es dann auch, mich in einen Zug hineinschieben zu lassen. Ich stand dicht gedrängt mit anderen Fahrgästen im Gang eines Zugabteils, das Bewegen und das Luftholen waren fast schwer, ein Umfallen jedoch unmöglich. Jeder im Zug hatte nur ein Ziel vor Augen, nämlich Westdeutschland zu erreichen. Dabei spielte es keine Rolle, wie und unter welchen Umständen das geschah.

Unsere Fahrt ging Richtung Fulda. Der Zug hielt am Grenzübergang, der ein Bild von der Gewalt eines Regimes wiedergab, das ein ganzes Volk eingesperrt hatte. Nun waren die Anlagen mitsamt dem Personal zu einem lächerlichen und sinnlosen Anwesen geworden. Die einst so souverän und überzeugend auftretenden Grenzkontrolleure und Zöllner, meist zugleich Angehörige der Stasi, hatten nun ihre Macht und den Respekt der Menschen verloren. Man sah ihnen ihre Ratlosigkeit und Unentschlossenheit an. Ihre Gesichter drückten zum Teil Wehmut, zum Teil Zorn aus. Sie bemühten sich um eine gezwungene Freundlichkeit. Es fiel ihnen wohl schwer, den Zug nicht zu kontrollieren, aber vielleicht waren manche auch froh darüber, um so unangenehmen Zwischenfällen aus dem Weg zu gehen. Außerdem wäre ein Durchkommen für die Kontrolle gar nicht möglich gewesen. Ich glaube, fast jeder im Zug hatte wie ich beim Überfahren der Grenze dasselbe erhebende Gefühl eines großen Ereignisses. Der Gedanke, daß ich alles, was mir bisher nur durch Erzählen und durch das Fernsehen bekannt war, nun selbst erleben würde, machte mich ungeheuer neugierig.

Nach einiger Fahrtzeit erreichte der Zug Fulda. Alle verließen den Bahnhof, fast geschlossen ging es zielstrebig zu dem Ort der Stadt, an dem das Begrüßungsgeld ausgezahlt wurde. Bald hielten wir das so gefragte Westgeld in der Hand. Die Menschen verstreuten sich nun in verschiedene Richtungen der Stadt, ich nahm mir erst einmal Zeit für einen Blick in die Umgebung mit den Geschäftsstraßen. Das Angebot der Obst- und Gemüseläden, die verlockenden Schaufensterauslagen mit der Vielfalt an Warenangeboten, dies alles zu verarbeiten und nervlich zu verkraften, erschien für mich zeitweise fast unmöglich. Fragen und erneuter Zorn kamen wohl bei diesen Erlebnissen in den meisten Ostdeutschen auf. Vielen wurde erst jetzt richtig bewußt, daß es höchste Zeit war, sich von einem Staatssystem zu trennen, das den Menschen so viel Entbehrungen auferlegte und viele um ein Stück Lebensqualität brachte.

Ich hatte mit meiner Frau lange beraten und gerechnet, was wir kaufen und welchen kleinen Wunsch wir uns mit dem erhaltenen Geld erfüllen sollten. Wünsche kamen bei dem reichhaltigen Angebot viele auf, denn es bestand an fast allen Dingen Nachholbedarf. Letztlich kauften wir in einem bekannten Billigmarkt ein paar Tetrapacks Orangensaft und für unsere Wohnungstür eine Messinggarnitur Türbeschläge zu einem günstigen Preis. Ich war inzwischen von den aufregenden Ereignissen des Tages so beeindruckt und nervlich so angegriffen, daß ich zeitweise Tränen der Ergriffenheit unterdrücken mußte und nur noch den Wunsch hatte, schnellstens nach Hause zu fahren.

Die Einheit wurde mit der Währungsunion im Juli 1990 auf ökonomischem Gebiet vollzogen. Zugleich war mit ihr die Voraussetzung für die allmähliche wirtschaftliche Entwicklung und Gleichstellung beider deutscher Staaten geschaffen. Doch wie sich in den kommenden Jahren zeigte, sollte das ein langer und komplizierter Weg werden. Große Zweifel, vorallem Ungewißheit prägten in diesen Monaten die Gedanken. Der in den vergangenen Wochen gehandelte Schwindelkurs bestätigte einmal mehr den Wertunterschied der zwei Währungen. Deshalb war es für viele eine angenehme Überraschung, als jeder Bürger viertausend Mark und jedes Kind zweitausend DDR-Mark im Kurs von eins zu eins und alle restlichen Ersparnisse eins zu zwei umtauschen konnte.

Die grenznahen Städte erlebten nun einen Umsatzboom. Die Gebrauchtwagenmärkte quollen über von interessierten Käufern und konnten ihre wegen mangelnder Nachfrage massenweise auf Halde stehenden Autos zu überhöhten Preisen absetzen. Da in den vergangenen Jahren ein Auto aus der Westproduktion in der DDR immer bestaunt wurde, weil man nur eine begrenzte Anzahl von PKW-Typen kannte und fuhr, wollten sich nun viele den Wunsch, ein Westauto zu fahren, erfüllen und kauften sich für einen erschwinglichen Preis einen Gebrauchtwagen. Wie sich aber leider bei manchen zu großer Enttäuschung bald herausstellte, hatten sie ihr Geld fehlinvestiert. Die Freude wurde nur zu oft schnell getrübt, wenn sich herausstellte, daß sich ihr Auto als ›Schrottlaube‹ entpuppte. Hier wurde bereits der Lernprozeß deutlich, der zum Leben im neuen Deutschland notwendig war. Denn während es in der DDR nur Einheitspreise gab, mußte man sich nun mit Konkurrenz und einem kapitalistischen Wirtschaftssystem vertraut machen.

Ich machte mich eines Tages mit meinem Wartburg zu einer Fahrt nach Eschwege, einer kleinen Stadt in Grenznähe auf, um mit meiner Frau in einem Billigmarkt einzukaufen. Außer dem Erlebnis des Einkaufens hatte ich an diesem Tag eine für mich sehr eindrucksvolle Begegnung, die auf sehr schöne Art und Weise ein Beispiel dafür war, wie sich die Menschen im vereinten Deutschland doch nahe sind. Wir waren nach dem Einkauf in ein kleines Café eingekehrt, um bei einer Tasse Kaffee den Nachmittag mit all unseren Eindrücken und Erlebnissen und der Freude über den für uns so reichhaltigen Einkauf abzuschließen. Schnell kamen wir mit zwei an unserem Tisch sitzenden Damen, die im Ort zu Hause waren, ins Gespräch. Die Zeit verging bei dem vielseitigen Gesprächsstoff wie im Fluge. Die Damen hatten wie die meisten Westdeutschen wenig Vorstellung vom Leben in der DDR. Sie kannten das Land nur als Touristen, doch die wurden nur zu Vorzeigestätten geführt. Ihnen wurde von ausgewählten Reiseleitern nur das Positive von unserem Land berichtet.

Wir erfuhren im Laufe der Unterhaltung viel Neues und bekamen so manchen freundlichen Hinweis, um uns in einem für uns neuen Wirtschaftssystem besser zurechtzufinden. Wir konnten bei unserem Gespräch etwas Klarheit in das Bild von den Menschen in der DDR bringen, denn aus Unwissenheit hatten viele Leute falsche Vorstellungen über ihre Landsleute aus dem Osten, fällten pauschale Urteile, die oft ungerecht und beleidigend waren und einer Wiedervereinigung im Wege standen. Zerfallene Häuser sahen viele als persönliche Nachlässigkeit der Eigentümer. Doch bei der Materialknappheit war es gar nicht ohne weiteres möglich, eine Reparatur oder Sanierung durchzuführen. Zudem waren die Einnahmen durch die Mieten zu gering, um eine Investition tätigen zu können. So mancher hat bei seinem geringen Lohn jahrelang nur für die Erhaltung seines Häuschens gearbeitet. Der Wunsch vom Bau eines Eigenheimes blieb für viele nur ein Wunschtraum.

Ich muß in diesem Zusammenhang an die Errichtung meiner transportablen Garage denken. Für das Aufstellen bekam ich fünf Zentner Zement genehmigt, die gerade für das Nötigste reichten, nicht aber für den Fußboden. Auf einer Baustelle durfte ich mir dann in mühevoller Arbeit unter einem Silo von Zeit zu Zeit den danebengefallenen Zement zusammenkratzen und so tütchenweise für den Fußboden sammeln. Aus solchen Verhältnissen resultierte bei manchen oft Gleichgültigkeit und Interesselosigkeit, man arbeitete mitunter ohne jeglichen Ansporn. Für den Erwerb oder Kauf fast aller Industrieerzeugnisse mußte man nach einer Anmeldung viele Jahre warten und außerdem sehr lange dafür sparen, weil ja die Löhne sehr gering waren. Initiativen wie Gewerbegründungen wurden erschwert, ja zum Teil unterbunden. Der Staat schrieb alles Handeln vor; dem Bürger wurde so das Denken in dieser Hinsicht abgenommen.

Die Zeit war in unserer Tischrunde schnell vergangen, unsere Tasse Kaffee längst ausgetrunken, als die Damen spontan eine weitere Kaffeerunde bestellten, deren Bezahlung sie unbedingt übernehmen wollten. Wir verließen dann mit vielen neuen Eindrücken zusammen das Café. Eine der Damen begleitete uns noch ein Stück, um uns einen günstigen Einkaufsmarkt zu zeigen. Ich war von dieser ersten und herzlichen Begegnung mit Menschen aus dem anderen Teil Deutschlands sehr beeindruckt und gerührt und finde es heute oft traurig und bedauernswert, daß dies in den nächsten Jahren des Zusammenlebens immer seltener wurde. Der Aufbau Ost und die damit verbundene Finanzierung wird von vielen Westdeutschen als Opfer betrachtet. Ich denke aber, es ist ein annehmbarer Preis für die Wiedervereinigung und gleichzeitig für ein Herzensbedürfnis vieler Menschen.

Die Ereignisse und Lebensumstellungen, die mit der Wende gekommen waren, überschlugen sich. Die Zeit der Veränderungen brachte für viele Leute Erfreuliches und Neues, aber für manche Menschen auch Einschnitte im Leben, die man bisher nicht kannte und die nur schwer zu verkraften waren. Wie überall mußte die oft unrentable Wirtschaft dem westlichen Niveau angepaßt werden. Das bedeutete auch für das Hotel eine Reduzierung des Personalbestandes. Die ehemaligen Betriebsleiter hatten von ihren Machtbefugnissen nichts verloren, sie hatten im Gegenteil jetzt Alleinentscheidungsgewalt über alle Belange der Betriebe. In einem Vieraugengespräch gab mir unser Direktor zu verstehen, daß ich nun weniger Rechte hätte als früher. Er nannte sich nun Geschäftsführer und hatte es in der Hand, unbequeme Mitarbeiter zu entlassen, vor allem solche, die seine Vergangenheit kannten. So wurde eines Tages von ihm eine Belegschaftsversammlung einberufen, auf der er die Mitarbeiter des Hotels über den weiteren Betrieb und den künftigen Personalbestand informierte. Nach ein paar kurzen Erläuterungen richtete er folgende Worte an die Belegschaft: »Ich lese jetzt vor, wer ab nächste Woche Donnerstag nicht mehr kommen braucht.« Mit diesem Satz wurden alleinerziehende Mütter und Menschen, die ihr halbes Leben dem Hotel die Treue gehalten und unter schweren Bedingungen für einen geringen Lohn gearbeitet hatten, aus dem Arbeitsleben verabschiedet.

Ich war im Grunde darauf vorbereitet und hatte es eigentlich erwartet, daß ich ebenfalls auf dieser Liste stand. Dennoch mußte ich mich sehr zusammenreißen, um die Entlassung zu verkraften, zumal sie von jemanden ausgesprochen wurde, der meiner Meinung nach keine Entscheidungskompetenz mehr hätte haben dürfen.

Den Glauben an Gerechtigkeit hatte ich wieder einmal aufgeben müssen. Ich mußte mich nun auf dem Arbeitsamt in die Schlange der Arbeitslosen einreihen. Belastend war, daß ich nicht mehr Kaufhallenleiter oder wie zuletzt Empfangssekretär in einem Hotel war, sondern nur noch eine ›Nummer‹. Die Forderung ›Stasi in die Produktion!‹ blieb unerfüllt. Arbeitslos wurden zuerst die Opfer. Die Bonzen saßen in Ämtern und Behörden und erlangten in neuen Gewerben schnell wieder Beschäftigung und Einfluß auf wirtschaftlichem und politischem Gebiet. Sie hatten die Vollmacht über die Betriebe, einschließlich des Inventars. Von Volkseigentum war nichts mehr zu hören. Bei Verhandlungen mit Investoren sicherten sie sich in Verträgen ihre Arbeitsplätze und die von ›guten Bekannten‹.

Daß für mich und viele andere Leute ungewöhnliche und plötzliche Ausscheiden aus dem Arbeitsleben hinterließ große seelische Wunden. Obwohl ich zeitweise in einem anderen Hotel eine Aushilfsstelle als Nachtportier hatte, konnte ich den Einschnitt in mein Leben nur sehr schwer verkraften und bekam eine Gesichtsrose mit einer halbseitigen Gesichtslähmung. Nach einem Krankenhausaufenthalt übermittelte mir eine ehemalige Mitarbeiterin des Hotels, daß eine abschließende Versammlung aller Mitarbeiter des Betriebes im Beisein und unter Regie der neugegründeten Gewerkschaft stattfinde. Voller Zuversicht, meine Meinung über Unzulänglichkeiten und Mißstände öffentlich zu sagen, die bisher nur heimlich und im Vertrauen mit vorgehaltener Hand ausgesprochen werden durfte, ging ich zu dieser Zusammenkunft. Es war wohl von vielen erkannt worden, daß die ›Ehemaligen‹ immer noch nichts von ihrer Macht verloren hatten und die Demokratie noch nicht in unserem Land eingekehrt war, denn kaum jemand meldete sich zu Wort, obwohl alle hinter den Kulissen so viel geschimpft hatten. Der Grund war wohl, daß niemand, der noch seinen Arbeitsplatz hatte, ihn aufs Spiel setzen wollte.

Ich hatte mich durchgerungen, bisherige Kritiken und Meinungen über die noch im Amt sitzenden Leute zu äußern und die unsozialen Entlassungen anzusprechen. Sehr schnell mußte ich aber feststellen, daß ich einen Fehler begangen hatte. Nach einer Vorladung in die einstige Betriebsleitung, wo ich alles zu Protokoll geben mußte, bekam ich wenige Tage später einen Drohbrief, in dem mir angedroht wurde, gegen mich mit allen Mitteln und mit jeder Härte vorzugehen, wenn ich noch einmal irgend etwas gegen den Geschäftsführer bzw. die ›Ehemaligen‹ verlauten ließe. Die lautstarke Zustimmung durch den Beifall aller Versammlungsteilnehmer hat mir ebenso wenig geholfen und Unterstützung im Kampf um Gerechtigkeit und Demokratie gegeben, wie die Vertreter der ›Neuen Gewerkschaft‹, bei der ich deshalb sofort meine Mitgliedschaft kündigte.

Am 3. Oktober 1990 wurde die Wiedervereinigung Deutschlands besiegelt. Aus der DDR wurden die fünf neuen Bundesländer gebildet. Neue Anreden der Menschen kamen auf. Es gab ›Ossis‹ und ›Wessis‹, und die Staatstreuen wurden als ›rote Socken‹ bezeichnet. Sie glaubten immer noch an ein Fortbestehen ihrer Idee, die sie für eine gute Sache hielten. Sie organisierten sich weiter und gaben ihrer Partei, die sie reformieren wollten, einen neuen Namen. Aus der SED wurde die PDS. Viele leugneten ihre Vergangenheit, erklärten sich gar als Opfer der Stasi und traten so die Flucht nach vorn an. Als Entschuldigung wurde oft ein ich › mußte‹ benutzt, aber man ›mußte‹ nicht alles tun. Es gab viele Möglichkeiten, die Forderungen und Vorschriften abzulehnen oder zu umgehen. Voraussetzung aber war, daß man auf Privilegien und einen gutbezahlten Nebenverdienst bei der Stasi verzichten konnte.

Durch die Schließung vieler Betriebe wurden viele von der Arbeitslosigkeit betroffen. So stellte das ehemalige Automobilwerk Eisenach die Produktion des Wartburgwagens ein. Hier hatten bis zu achttausend Arbeitnehmer einen Arbeitsplatz gehabt. Andere kleinere Betriebe folgten mit einer Schließung oder Reduzierung ihres Personalbestandes. Manche fanden nach und nach Arbeit in grenznahen Betrieben und wurden zu Pendlern zwischen West und Ost. Oft fanden sie Wohnung am Arbeitsort und zogen mit ihrer Familie weg. Es gab natürlich auch Situationen, in denen Leute wegziehen mußten, weil sie sich wegen ihrer Vergangenheit unsicher fühlten und nicht mehr geduldet wurden. Eine Regelung die nun mit der Wiedervereinigung bereinigt wurde und die eine Umzugswelle auslöste, war die Klärung der Eigentumsverhältnisse.

Ich wohnte über dreißig Jahre in einem Haus, dessen Eigentümerin in die BRD übergesiedelt war. Ich hatte in den Jahren viel in meine Wohnung investiert, Außenanlagen und vieles im Haus in Ordnung gehalten. Wie andere Häuser auch sollte das Haus in nächster Zeit nach bundesdeutschen Maßstäben rekonstruiert werden. Eine Familie nach der anderen zog aus und ich entschloß mich ebenfalls, eine den finanziellen Möglichkeiten entsprechende Wohnung zu suchen, denn nach einer eventuellen Sanierung hätte mein Altersübergangsgeld gerade für die Kaltmiete ausgereicht.

Durch den Umbruch war in den Wohnungsmarkt viel Bewegung gekommen. Während es zu DDR-Zeiten lange Wartezeiten bei der Bewerbung für eine Plattenbauwohnung gab, wurde es jetzt durch den zunehmenden Eigenheimbau vieler möglich, eine früher so gefragte Wohnung zu erhalten. Hatten diese Wohnungen im Vergleich zu den meisten Wohnungen doch den Vorteil, daß sie mit Fernheizung und fließendem Warmwasser ausgerüstet waren. Ich erhielt eine Zweizimmerwohnung in einer Plattenbausiedlung. Die Wohngebiete wurden nicht zu unrecht als Bettenburgen, Arbeiterschließfächer oder Schlafcontainer bezeichnet. Trotzdem war ich froh, eine bezahlbare und für unsere Verhältnisse gut ausgestattete Wohnung bekommen zu haben, die sich zudem in der Nähe derer meiner Tochter befand. Da unsere neue Wohnung um die Hälfte kleiner war als die alte, hatten wir uns von einem Teil unserer Einrichtung zu trennen. So manches bisher sorgsam gepflegte

Unser Zuhause 1960 – 1992

Teil, an dem Erinnerungen hingen oder das einmal mühsam erspart worden war, sollte nun entsorgt werden. Mir tat es weh, ich mußte meine Tränen unterdrücken, als ich am Fenster zuschaute, wie die Arbeiter der Müllentsorgung achtlos Stück für Stück in die große Presse des Autos warfen, die laut knirschend einen Teil meines Lebensinhaltes verschwinden ließ. Wann würde ich auf dieser Welt ausgedient haben, nicht mehr zu gebrauchen sein?

Ich stand oft am Fenster der neuen Wohnung schaute mir die neue Umgebung an. Alles war so neu. Ich konnte dreißig Jahre nicht einfach wegwerfen und die bisherige Hausgemeinschaft vergessen, in der sich im Verlauf der vielen Jahre ein sehr gutes Verhältnis entwickelt hatte. Einer nahm am Leid oder an den Sorgen des anderen teil, man unterhielt sich über dies oder jenes, hatte ein Ohr für den Nachbarn, gab einen gutgemeinten Rat oder auch Hilfe. Dies alles war in solch großen Wohnblöcken anders. Keiner kannte den anderen, jeder ging seinen eigenen Weg. Ein Gruß oder ein Gespräch waren selten geworden.

Ein anderer Einschnitt in das Zusammenleben der Menschen wurde durch das Bekanntwerden der Stasibespitzelung verursacht. Der eine verdächtigte heimlich den anderen für diese Organisation tätig gewesen zu sein. Die Akteneinsicht brachte für manche Bürger Klarheit, aber da dieses Systems einen so großen Umgang hatte, kam nur ein geringer Teil der Wahrheit ans Licht. Ich vermutete, daß über meine Person auch entsprechende Unterlagen vorhanden waren und sollte Recht behalten.

Im Plattenbau

Die Gauckbehörde schickte mir meine Karteikarte, in der ich unter der Registriernummer 0168 geführt wurde, mit den entsprechenden Eintragungen über meine ›Vergehen‹ in der DDR. Weitere Berichte über mich waren noch nicht gesichtet worden, doch bekanntlich wurde ja viel vernichtet, und so blieben mir nur Vermutungen.

Unsere Stadt wurde zusehends schöner. Die durch jahrelange Braunkohlenfeuerung geschwärzten Fassaden der Häuser erhielten einen neuen Anstrich, baufällig gewordene Gebäude wurden durch moderne Neubauten ersetzt. Ganze Straßenzüge wurden saniert, modernisiert und neu gestaltet. Der Zerfall der Städte wurde aufgehalten. Die Erweiterung und Modernisierung des Telefonnetzes machte es möglich, daß endlich jeder einen Telefonanschluß bekommen konnte. Eine Wiederbelebung erfuhr das Vereinswesen, gerade wir Vertriebenen wurden jetzt anerkannt und durften öffentlich darüber sprechen. Durch die Begegnungen von Vertretern staatlicher Einrichtungen und Kommunen aus Ost und West wurden viele Kontakte und Partnerschaften geschlossen, die sich positiv bemerkbar machten. So wurden marode Stadtbusse ausgemustert und zum Teil durch Busse unserer Partnerstadt Marburg ersetzt. Manch kranker Mensch, der an seine Wohnung gebunden war, konnte sich Dank der Hilfe einer christlichen oder anderen Organisation über einen modernen Rollstuhl freuen und so wieder am gesellschaftlichen Leben teilnehmen. Bei Fahrten mit dem Zug bemerkte man die inzwischen erneuerten Gleisanlagen. Bahnhöfe

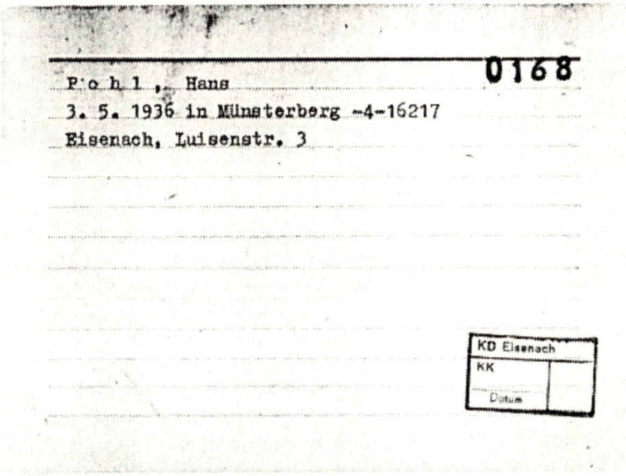

0168

Pohl, Hans

3. 5. 1936 in Münsterberg -4-16217

Eisenach, Luisenstr. 3

KD Eisenach

KK

Datum

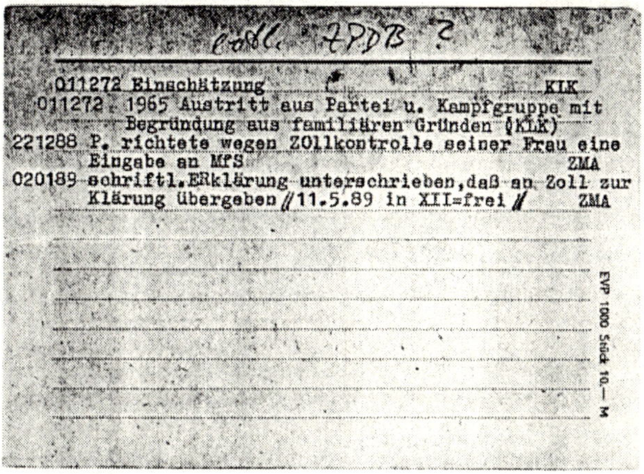

ZPDB ?

011272 Einschätzung KLK

011272 1965 Austritt aus Partei u. Kampfgruppe mit Begründung aus familiären Gründen (KLK)

221288 P. richtete wegen ZOllkontrolle seiner Frau eine Eingabe an MfS ZMA

020189 schriftl. ERklärung unterschrieben, daß an Zoll zur Klärung übergeben //11.5.89 in XII=frei// ZMA

EVP 1000 Stück 10.— M

Meine Registatur
bei der Stasi

Aus meiner Stasiakte

erstrahlten zum Teil in neuem Glanz, alles wurde sauberer und moderner. Eine Verbesserung erfuhr auch das marode Straßen- und Autobahnnetz. So manche Brücke wurde in kürzester Zeit erneuert. Was früher undenkbar gewesen wäre, geschah manchmal förmlich über Nacht. Immer mehr Investoren bauten Produktionsstätten, viele Märkte siedelten sich an. Ein großer Autokonzern baute in unserer Stadt ein modernes Autowerk und erreichte mit modernster Fertigungstechnik Produktionszahlen, von denen unser ehemaliges Eisenacher Automobilwerk nicht einmal zu träumen gewagt hätte. Viele ehemalige Arbeiter wurden wieder eingestellt.

Nach einer Zeit der Euphorie kam für die Menschen die Ernüchterung. So mancher erlebte nun die Schattenseiten des Umbruchs. Das Zusammenwachsen von Menschen, die lange in zwei gegensätzlichen Staatsformen gelebt und deren Charakter durch deren Grundsätze beeinflußt worden war, gestaltete sich schwieriger als gedacht. Viele Gegensätze prägten das tägliche Miteinander im Leben der Menschen aus Ost und West. Die Ostdeutschen mußten sich auf eine für sie neue Lebensart, ein kapitalistisches Wertesystem und die Marktwirtschaft umstellen. Viele Westdeutsche hatten sich in der Vergangenheit nie die Mühe gemacht, sich mit den Verhältnissen in der DDR zu beschäftigen und verstanden deshalb nichts vom Leben und den Problemen der Ostdeutschen. Manche scheuten noch lange vor einer Besuchsreise in den anderen Teil ihres Heimatlandes zurück. Vielerorts spielten ›Wessis‹ nach Schulmeisterart mit viel Arroganz eine überlegene Lebenserfahrung vor und sparten nicht mit ›klugen‹ Ratschlägen und unsachlichen Vorurteilen über die ihrer Meinung unterentwickelten und arbeitsscheuen Ossis.

Eine wirkliche Bereicherung des Lebens brachte die mit der Einheit erreichte Reisefreiheit. Es war nun möglich, in Länder zu reisen und Sehenswürdigkeiten kennenzulernen, die man nur aus dem Fernsehen kannte. Viele Reiseunternehmen boten Kaffeefahrten zu günstigen Preisen an. Wir hatten so nach Jahrzehnten endlich Gelegenheit, auch das ›nichtsozialistische Ausland‹ zu besuchen. Höhepunkt dieser Fahrten und Hauptanliegen der Veranstalter war aber meist eine sogenannte Werbe- und Verkaufsveranstaltung. Für uns war es Neuland und zugleich eine Lehrstunde im Fach kapitalistische Marktwirtschaft. Veranstaltungsort war in der Regel eine abgelegene Gaststätte. In einem großen Saal wurden von sprachgewandten Verkäufern Waren und deren Vorteile angepriesen. Das waren Kochtopfsätze, Besteckkästen, Bettdecken und manchmal auch Artikel, deren Anwendung angeblich das Leben verlängern oder positiv beeinflussen sollte. Viele ließen sich durch die List und Geschäftstüchtigkeit zum Kauf von Waren überreden, die – wie sich dann später herausstellte – völlig überteuert oder von minderwertiger Qualität waren. Es war für die Verkäufer äußerst leicht, unsere Menschen mit ihrer Unerfahrenheit und naiven Leichtgläubigkeit mit einer Portion schauspielerischem Können vom Kauf einer Ware zu überzeugen. Ich erinnere mich daran, wie eine ältere, von ewigen Schmerzen geplagte Frau fast die ganze Veranstaltung liegend auf einer Decke mit antimagnetischem Feld als Anschauungsobjekt auf der Bühne lag und sich anschließend nach Befragen des Verkäufers natürlich viel besser fühlte. Ein anderes Mal führte ein älterer Mann nach der Anwendung einer Ware vor, daß angeblich erhöhte Energie in seinen Körper eingeflossen war, indem er zeigte, wie sich ein kleiner weißer Ball in seiner Hand nach einer Weile rot gefärbt und verwandelt hatte. Oft wurde mit Geschenken geworben, die sich aber oft als Scherzartikel herausstellten. Ein zusätzliches Geschenk, das etwa dreißig bis vierzig Zentimeter hoch sein sollte und als Überraschung für jeden Teilnehmer versprochen wurde, der eine bestimmte Ware kauft, entpuppte sich unter großem Gelächter als eine künstliche Rose.

Die Wende machte es möglich, daß ich mit meiner Frau Urlaub in einem Land machen konnte, von dem ich kaum Vorstellungen hatte und in meinen kühnsten Träumen nicht daran geglaubt hatte, einmal dorthin reisen zu können. Die Cousine meiner Frau besaß auf Mallorca ein Anwesen und lud uns zu einem Besuch auf diese herrliche Insel ein. Schon der Flug mit einem modernen Flugzeug einer renommierten Fluggesellschaft war ein Erlebnis. Wir durften hier ein paar herrliche und für mich unvergeßliche Tage erleben.

Die neue Zeit brachte manches, was früher ummantelt wurde, an den Tag. Alkoholismus,

Urlab auf Mallorca

Mietschulden und Arbeitsbummelanten wurden in der DDR verschwiegen. Es paßte nicht in das Lebensbild einer sozialistischen Gesellschaftsordnung. Diese Menschen sollten in Arbeitskollektiven und Gemeinschaften erzogen werden, was aber in den wenigsten Fällen gelang. Die Arbeit wurde von den anderen mitverrichtet, und beim Vermieter häuften sich die Mietschulden. Aus diesen Menschen wurden nun Obdachlose und Sozialhilfeempfänger. Bettelnde Menschen in der Fußgängerzone, was man nun alltäglich sah, wären früher unvorstellbar gewesen.

Eine andere Erscheinung der Marktwirtschaft, mit der viele nicht umgehen konnten und sie in die Verschuldung trieb, waren Kredite und Leasing. War es früher lediglich möglich, die meisten Waren nur gegen sofortige Bezahlung zu kaufen, so wurden nun oft scheinbar günstige Kreditangebote gemacht, um eine Ware sofort haben zu können, später aber erst zu bezahlen. Dem überreichen Angebot in den Läden und den verlockenden Katalogen konnten viele nicht widerstehen. Sie verfielen in einen Kaufrausch, der häufig in der totalen Verschuldung und dem anschließendem Chaos endete. In diesem Zusammenhang stand auch die zunehmende Kriminalität, die ganz neue Dimensionen annahm.

Ich hatte in der Vorruhestandsregelung meine Rente beantragt und konnte mit meiner Frau und deren Erwerbsunfähigkeitsrente entsprechend unserer finanziellen Möglichkeiten mir einige kleine Wünsche erfüllen, auf die wir bis jetzt hatten verzichten müssen. Eine unserer ersten großen Anschaffungen war dann ein Auto. Meinen Wartburg hatte ich über zehn Jahre gehegt und gepflegt; so war das in der DDR üblich. Es wurde repariert und gebastelt, bis wirklich nichts mehr ging. Jetzt aber beherrschten neue westliche Autotypen immer mehr das Straßenbild. Immer seltener sah man einen einst so gefragten Trabant oder Wartburg, die zu Schrottpreisen verkauft wurden. Der Abschied von meinem Wartburg fiel mir nicht leicht, hatte ich doch lange dafür gespart und viele Jahre auf den Liefertermin gewartet, doch die Freude am neuen Auto und die vielen damit verbundenen neuen Reisen ließen manch Gewesenes vergessen.

Einen Lebenswunsch anderer Art konnten sich nun die ›Häuslebauer‹ erfüllen. Eigenheime und neue Siedlungen entstanden. Die einst so begehrten Wohnungen in den Neubauvierteln wurden zusehends frei und von sozial schwachen und ins Abseits der Gesellschaft geratenen Menschen bezogen. Viele verließen das schlechter werdende Umfeld. Die Familie meiner Tochter zog in eine der überall wie Pilze aus dem Boden schießenden Neubausiedlungen mit schmucken Einfamilienhäuschen. Kurze Zeit danach entschlossen wir uns, auch die Wohnung zu wechseln, denn die Belastungen im Umfeld waren für uns ältere Menschen schlecht zu verkraften. Ich zog wieder in die Gegend der Stadt, in der ich fast mein halbes Leben gewohnt hatte, jetzt aber in eine neu erbauten Wohnanlage, dorthin, wo früher eine baufällige Gaststätte stand.

Modernes Wohnen ein einer ›neuen Zeit‹

Ausblick und Nachwort

Das einst gefürchtete und mit einem schlechten Ruf behaftete Stasigebäude hatte nach der Wiedervereinigung eine andere Funktion erhalten, eine Musikschule ist heute dort untergebracht. Und wenn ich heute das lustige Musizieren von Schülern im Vorübergehen höre, dann tut es mir gut zu wissen, daß dort niemand mehr einem die ›Flötentöne‹ beibringen will.

Meine Freizeit als Rentner nutze ich auf verschiedene Art und Weise. Um mich noch irgendwie nützlich zu machen, unterstütze ich die Familie meiner Tochter in Haus und Garten. Meine inzwischen herangewachsenen Enkelkinder bringen mit ihrer kindlichen Unbefangenheit und Fröhlichkeit wieder Freude und Abwechslung in mein Leben. Mit Begeisterung lerne ich manch Neues kennen. Von Zeit zu Zeit unternehme ich ausgedehnte Spaziergänge und Wanderungen in unsere schöne Umgebung. Thüringen hat durch den verstärkten Umweltschutz im Laufe der Jahre seinen früheren Ruf als grünes Herz Deutschlands zurückerobert. Vielerorts entstehen neue Wanderwege und gepflegte Anlagen; viele selten gewordene Tiere haben wieder ihren Lebensraum gefunden.

Bei meinen Spaziergängen führt mich manchmal der Weg an jenem Haus vorbei, in dem ich bis kurz nach dem Umbruch mit meiner Familie wohnte. Ich bleibe dann oft stehen und denke an all die vielen Erinnerungen, die dieses Haus in sich birgt. Die einstige Südstadtvilla steht nun schon viele Jahre leer und zerfällt zusehends. Wie ein Dornröschenschloß ist das Haus mittlerweile von allerlei Gewächsen überwuchert. Eine gespensterhafte Ruhe herrscht hier, wo einst einmal das Leben pulsierte. Hausnachbarn, die sich manchmal zu einem kurzen Gespräch im Treppenhaus begegneten, sind verzogen, aber der Kontakt unter den Menschen, den man heute so oft vermißt, blieb erhalten. Manches heute noch Sichtbare erinnert an Begebenheiten und schreibt die Geschichte vergangener Zeiten. So erinnert ein Stück angestrichene Zaunlatte an die Farbprobe für einen Autoanstrich mit dem Pinsel, der von einem Hausbewohner in den sechziger Jahren durchgeführt wurde. Kleine Stecklinge, die ich einmal gepflanzt habe, sind inzwischen zu stattlichen Bäumchen und großen Büschen gewachsen.

Vieles hat sich im Laufe der Jahre verändert, aber die Erinnerungen sind nicht wegzuwischen, sie sind geblieben und stimmen mich nachdenklich. Manchmal waren es Erlebnisse, an die ich mich gern erinnere, aber es gab auch Zeiten, von denen ich hoffe, daß sie niemand erleben muß. Das Haus und der kleine Antiquitätenladen, der mich mit all seinem Inventar so fasziniert hat, ist längst abgerissen. Das Gasthaus mit dem kleinen Saal, in dem ich die ersten Tanzschritte übte, ist eine verwahrloste Ruine geworden. An der Stelle des kleinen Hauses, in dem ich meine Lehre machte, sind große Wohnblöcke errichtet worden. Die Wandelhalle, Teil eines ehemaligen Klosters, in der in den

Sommermonaten sonntags immer Konzerte stattfanden, ist zum Tummelplatz für Skateboardfahrer geworden. Jetzt sucht eine Interessengemeinschaft Sponsoren, um das Gebäude vor dem völligen Verfall zu retten.

Immer, wenn mich der Weg am Prinzenteich, einem bekannten Gondelteich der Stadt, vorbeiführt, denke ich daran, wie mein Freund beim Wasserflöhefangen aus dem Kahn fiel und mich, der ihn retten wollte, hinter sich herzog. Das ist lange her. Über fünfzig Jahre sind seit der Zeit vergangen, als ich in die Schule ging. Heute geht meine Enkeltochter in dieselbe Schule, die heute den Namen der heiligen Elisabeth trägt. Manchmal, wenn ich meine Enkeltochter von der Schule abhole, schaue ich zum Fenster in der ersten Etage, durch das ich von meinem Platz aus auf die Straße blicken konnte. Mir kommen dann die Bilder aus meiner Schulzeit wieder in denn Sinn ... Wenn in der kalten Jahreszeit der Ofen im Klassenzimmer beheizt werden mußte, war es üblich, daß jeder, der konnte, Heizmaterial mitbrachte. Manche brachten ein Brikett mit, andere kümmerten sich um Holz. Und ich, wie ich heute gestehen muß, hatte dafür sogar einmal eine Latte von einem morschen Gartenzaun nahe der Schule abgerissen.

Ich erinnere mich auch an unsere Musikstunden, in denen eine zierliche ältere Lehrerin mit leidenschaftlicher Hingabe Geige spielte. Ich empfand es mehr als Quälerei des Instrumentes, aber noch schlimmer wurde es in dem Moment, wenn wir Jungs mit unserem Gesang einsetzten. Die Lehrerin rannte dann meist schnell zum Fenster und verriegelte es.

Über 10 Jahre sind nun seit der friedlichen Revolution vergangen. Was ist geblieben vom großen Traum der Wiedervereinigung? Waren es nur die Bananen, die schnellen Autos? Im Vordergrund stand wohl bei vielen nur das Verlangen nach der starken Währung, für die man alles kaufen und sich viele Wünsche erfüllen kann. Der Gedanke an Freiheit und Selbstbestimmung war bei den meisten zweitrangig. Mancher Nachteil wurde außer Acht gelassen, die negativen Seiten der Marktwirtschaft erst später bemerkt. Ich wünsche mir für die Zukunft, daß die Menschen die Natur achten und erhalten, daß die Kinder geschützt werden, daß die Menschen wieder mehr zueinander finden, Achtung voreinander haben und daß Egoismus und Geld nicht zum Lebensinhalt werden. Möge das wertvollste Gut der Menschheit, der Frieden, uns ins neue Jahrtausend begleiten und allen Menschen der Erde ewig erhalten bleiben.

Umschlaggestaltung: Sabine Albrecht